Chères lectrices,

Déjà finies, ces trop courtes vacances ? Qu'à cela ne tienne, cette année, je vous propose de jouer les prolongations… au moins par la lecture ! En septembre, en effet, votre collection Azur est placée sous le signe du dépaysement et du voyage. Tenez-vous donc prêtes à découvrir des destinations aussi lointaines que fascinantes…

Première escale : le Kenya, où vous ferez la connaissance de Charlotte Bainbridge, une jeune photographe partie en safari-photo auprès d'un reporter de renom auquel elle a eu affaire autrefois… dans des circonstances qu'elle préférerait oublier (n° 2332) ! Ensuite, passez par l'Amérique Centrale et le Panama pour y rencontrer Destiny Felt, un dynamique médecin contraint de regagner l'Angleterre du jour au lendemain afin de diriger le laboratoire pharmaceutique que son oncle vient de lui léguer (n° 2333). Un grand défi pour une jeune femme, aussi efficace soit-elle !

Plus proche de nous, la Méditerranée… Ah ! les îles grecques sont merveilleuses, mais Linda qui a suivi son patron, Andreas Papadakis, afin de s'occuper du fils de celui-ci, n'a pas le cœur à en profiter (n° 2328). Son petit garçon ne vient-il pas d'être enlevé par des ravisseurs qui l'ont pris pour le fils du célèbre chef d'entreprise ?

Enfin, celles qui sont tombées sous le charme de l'Australie le mois dernier grâce au premier volet de la saga d'Emma Darcy « Passions australiennes » retrouveront le cadre grandiose de l'Outback dans la seconde partie de cette passionnante trilogie consacrée aux frères King (n° 2334).

En espérant que cet itinéraire vous aura mis l'eau à la bouche, je vous souhaite une très bonne lecture et une excellente rentrée !

La responsable de collection

Du 1er octobre au 1er décembre
la collection Azur
vous propose une nouvelle mini série

Mariée
dans
l'année !

« Mariée dans l'année ! » tel est le vœu le plus cher de Phoebe, Kate et Bella. Impossible pour elles que douze mois s'écoulent sans qu'elles aient trouvé leur prince charmant… Car même au XXIe siècle, cet oiseau rare doit encore pouvoir se rencontrer !

Vous n'y croyez pas ? Alors laissez-vous convaincre par *Avis de coup de foudre* de Jessica Hart (n°2341) , le premier volet de cette trilogie, publié le mois prochain.

Une surprise pour Kelly

LUCY GORDON

Une surprise pour Kelly

COLLECTION AZUR

*Cet ouvrage a été publié en langue anglaise
sous le titre :*
THE PREGNANCY BOND

Traduction française de
ANNE DAUTUN

HARLEQUIN®

est une marque déposée du Groupe Harlequin
et Azur ® est une marque déposée d'Harlequin S.A.

*Toute représentation ou reproduction, par quelque procédé que ce soit, constituerait
une contrefaçon sanctionnée par les articles 425 et suivants du Code pénal.*
© 2002, Lucy Gordon. © 2003, Traduction française : Harlequin S.A.
83-85, boulevard Vincent-Auriol, 75013 PARIS — Tél. : 01 42 16 63 63
Service Lectrices — Tél. : 01 45 82 47 47
ISBN 2-280-20233-6 — ISSN 0993-4448

1.

Le jour du huitième anniversaire de son mariage avec Jake, Kelly donna une soirée pour fêter… son divorce.

« Leur » divorce, aurait-il fallu dire. Mais Jake brillerait par son absence à cette fête, tout comme il l'avait fait lors des événements les plus importants de leur vie conjugale. Comme d'habitude, il était probablement en mission à l'étranger… On ne s'étonnerait donc pas de ne pas le voir à la soirée. Et de toute façon, elle ne l'avait pas invité !

Elle s'apprêtait à célébrer bien des choses, et elle tenait à le faire avec panache. Tout d'abord, elle s'était réinscrite à l'université, afin de reprendre les études auxquelles elle avait renoncé huit ans plus tôt pour se marier. Cette fois, elle était résolue à obtenir son diplôme. Avec mention !

Et elle était tout aussi résolue à oublier l'existence de Jake Lindley.

Ce ne serait guère facile ! Chaque fois qu'elle poussait le bouton de la télévision, elle entendait des phrases du genre : « Et voici en direct, au cœur même des émeutes, Jake Lindley pour faire le point sur la situation… » Ou encore : « Une fois de plus, Jake Lindley fait triompher la liberté de l'information ! Dans quelques instants, toute la vérité sur… »

Jake était un héros. Il était le casse-cou téméraire, sexy et fascinant qui, avec son sourire en coin et son regard de braise, semblait dire à chaque spectatrice : « Je suis à toi. » Mais le beau Jake, l'icône médiatique qui faisait craquer toutes les femmes, avait brisé le cœur de Kelly, et elle était ravie d'être débarrassée de lui !

Maintenant, enfin, à vingt-six ans, elle possédait un territoire et un monde bien à elle : l'appartement agréable où étaient réunis en cet instant tous les amis qu'elle s'était faits en faculté au cours des semaines écoulées. Comme elle était plus âgée que la plupart des étudiants, elle s'était aussi aisément liée d'amitié avec certains enseignants, et en particulier avec le séduisant Carl, son professeur d'archéologie. Il se démenait au son de la musique, dansant avec deux filles en même temps, et lui adressa un grand signe pour l'inciter à venir les rejoindre. Elle déclina l'invite en lui indiquant du geste qu'elle était occupée à servir des boissons à ses hôtes. Fidèle à sa réputation de dragueur invétéré, il lui répondit par un clin d'œil expressif.

— Tu as fait une touche, murmura une voix.

Kelly se retourna et découvrit derrière elle Marianne, la sœur de Carl, occupée à siroter une coupe de champagne.

— Ton frère court après tout ce qui porte jupon, lui répliqua-t-elle gaiement.

Marianne observa :

— En l'occurrence, toi, tu portes une tunique-pantalon noire. Et je suis folle de jalousie à l'idée que tu aies pu te glisser dedans !

Flattée par le compliment, Kelly eut un petit rire. Quatre mois plus tôt, lorsqu'elle avait mis Jake à la porte, elle n'aurait pu enfiler une toilette aussi moulante. Mais leur rupture l'avait rendue si malheureuse qu'elle avait perdu l'appétit et maigri de cinq bons kilos sans même s'en rendre compte.

A quelque chose malheur était bon ! Car à présent, ses joues s'étaient légèrement creusées, faisant ressortir la belle ossature de son visage. Sa silhouette s'était affinée, acquérant plus d'allure et de souplesse. Elle se savait superbe. Eût-elle douté de sa séduction, d'ailleurs, que les regards suggestifs des hommes présents l'auraient aussitôt rassurée !

Marianne, qui était coiffeuse-esthéticienne, l'avait aidée à parachever sa métamorphose : elle avait coupé la superbe chevelure blonde que Kelly avait toujours portée lâchée sur ses épaules, parce que cela plaisait à Jake. Maintenant, elle n'avait plus que des mèches courtes et bouclées aux reflets blond vénitien, qui encadraient joliment son visage et lui donnaient un air mutin. Toujours sur le conseil de Marianne, elle avait renoncé à son eau de toilette aux senteurs fleuries pour porter un parfum ambré, aux notes orientales, follement sensuel.

Quelque peu choquée par cette transformation radicale, en se découvrant devant la glace, Kelly s'était d'abord écriée :

— Ce n'est pas moi !

— Si tu oses t'accepter avec naturel, avait assuré Marianne, ce sera toi. De l'audace, que diable !

Kelly avait senti, en tout cas, que la coiffure, le parfum et la tunique noire formaient un tout réussi. Elle n'était pas sûre que cela traduisait sa personnalité. Mais c'était grisant de changer de rôle !

Cette soirée marquait le début de sa nouvelle vie. Elle était redevenue célibataire, sous son nom de jeune fille, et elle menait à présent son existence sans être à la traîne d'un homme incapable de lui rendre son amour.

Maintenant, elle avait l'impression d'avoir recouvré son indépendance d'esprit, d'être différente. Et il lui semblait particulièrement agréable d'être recherchée par les hommes, après avoir si longtemps été celle qui s'efforçait — vainement — de séduire Jake l'indifférent…

Carl surgit auprès d'elle et, habilement, l'entraîna sur la piste de danse.

— Mmm, murmura-t-il en humant l'odeur de son parfum, ce que tu sens bon ! Et tu es belle à damner un saint !

— A combien de femmes as-tu déjà sorti cette phrase ce soir ? répliqua-t-elle en riant.

Il prit un air offusqué.

— Comment, je me jette à tes pieds pour t'avouer ma flamme et tu me repousses ? dit-il en laissant errer ses mains sur la taille et les hanches de Kelly.

— Bas les pattes, gros vilain ! protesta-t-elle, lui donnant une légère poussée pour le faire reculer.

Elle avait de la sympathie pour Carl, mais elle ne cernait pas encore très bien sa personnalité.

— C'est bon, je renonce. Pour le moment, fit-il. Tu sais que Marianne s'est mis en tête de me marier.

— Elle parie sur le mauvais cheval, rétorqua Kelly. Pour moi, la vie de couple, c'est fini ! Je ne veux plus de mari.

— Il était si pénible que ça ?

— Franchement, je ne saurais te répondre. Je ne me souviens même plus de la tête qu'il avait !

— Bravo ! Un amant, c'est tellement plus excitant, murmura Carl contre son oreille.

— Possible, mais ce ne sera pas toi.

Feignant d'être scandalisé, il demanda :

— Pourquoi ?

— Tu es mon directeur d'études. Ce ne serait pas convenable.

— Tu seras renvoyée de ma classe dès demain.

Là-dessus, ils éclatèrent de rire en chœur. Carl l'attira plus étroitement contre lui, effleurant son oreille, puis sa bouche, avec ses lèvres. Elle lui rendit son baiser, séduite par sa tendresse légère.

Le triomphe de Carl fut de courte durée. Déjà, Frank, un étudiant de l'âge de Kelly, lui dérobait sa cavalière pour l'entraîner à son tour dans une danse endiablée à travers le salon.

10

— Sympa, ton appartement ! cria Frank par-dessus la musique, pour se faire entendre.

— Oui, hein ? lui répondit-elle sur le même ton. Merci pour le cadeau, au fait !

Il lui avait offert, à l'occasion de cette pendaison de crémaillère, des lithographies en noir et blanc audacieuses et modernes, qui convenaient bien au décor.

— Alors, tu es contente d'avoir recouvré ta liberté ? poursuivit-il.

— Si j'avais su que c'était si agréable, je l'aurais reprise bien plus tôt !

— Harmon, c'est ton nom de jeune fille ?

— Oui.

— Et ton mari ? Qui était-ce ?

— Aucune importance, soutint Kelly, débitant la phrase rituelle qui l'avait aidée à tenir le coup aux mauvais moments. Il fait partie du passé.

Une fois la danse achevée, ils rejoignirent le buffet pour prendre un verre. Très vite, Frank entraîna une autre cavalière, tandis que Kelly savourait le jus d'orange qu'elle s'était servi. Marianne vint se poster près d'elle.

— Tu es une sacrée cachottière !

— De quoi parles-tu ?

— Du type superbe qui vient d'entrer. Impossible de le rater : il a un regard à damner une sainte et il le sait…

— Je ne connais personne qui corresponde à cette description et je le regrette, répondit Kelly. Où est-il ?

— Là-bas. Sa tête me dit quelque chose. Bon sang, où l'ai-je vu ?

Kelly resta un instant silencieuse, en état de choc. Puis elle lâcha :

— A la télé. Et je ne l'ai pas invité.

— Eh bien, je me ferai un plaisir de t'en débarrasser. Franchement, on ne devrait pas laisser un type pareil en liberté. C'est un danger pour la gent féminine ! Je veux tout savoir sur lui. Et pour commencer, est-ce qu'il est marié ?

Kelly, qui s'était ressaisie, laissa tomber :

— Il ne l'est plus depuis ce matin.

— Tu veux dire que… que c'est… ?

— Mon ex, oui.

— Il était à toi et tu l'as laissé filer ? s'exclama Marianne.

Kelly observa Jake Lindley, en s'efforçant de le voir avec les yeux de son amie. Le regard de velours, l'assurance… Marianne ne se trompait pas. Jake n'y était pour rien : les femmes étaient réellement toutes à ses pieds, et la fausse modestie n'avait jamais été son genre. La vraie non plus, d'ailleurs. A trente-deux ans, il avait réussi une brillante carrière de journaliste grâce à son professionnalisme, son punch, sa personnalité pleine de caractère et sa beauté renversante, et il en était légitimement fier.

Mais avait-il été sien un jour, véritablement ? Elle oui, elle lui avait appartenu, elle s'était donnée à lui dans tous les sens du terme. Cependant, tout au fond de son cœur, elle n'avait jamais eu le sentiment d'avoir une importance vitale pour Jake. Elle ne l'avait pas « laissé filer » : il s'était absenté depuis longtemps de tout ce qui aurait dû compter dans leur vie. Elle avait seulement entériné ce fait.

— Tu ne m'en voudras pas si je tente ma chance ? murmura Marianne.

— Ne te gêne surtout pas, répondit Kelly.

Oh, c'était si bon de pouvoir s'exprimer ainsi ! D'assister tranquillement à une scène de ce genre sans éprouver de jalousie !

— Viens, ajouta-t-elle, je vais te présenter.

Alors qu'elles se frayaient passage parmi la petite foule, elle tenta de recouvrer entièrement son calme. Elle avait ressenti un choc en voyant Jake car elle ne l'attendait pas. Elle était un peu contrariée qu'il eût forcé sa porte. Mais à part ça, sa présence ne lui faisait ni chaud ni froid…

— Jake, quel plaisir de te voir ! lui lança-t-elle avec décontraction.

Il lui décocha un sourire irrésistible.

— Désolé, je ne crois pas qu'on se conn… *Kelly ?*

Elle ressentit une jubilation aiguë en le voyant réellement stupéfait par sa transformation. Car il était médusé, ça oui !

— Je te présente Marianne. Marianne, voici mon ex.

— S'il avait été mon mari, je ne l'aurais jamais laissé devenir mon ex, lança en riant Marianne, tout en serrant la main que Jake lui tendait.

— Kelly m'a tout bonnement laissé tomber comme un objet de rebut, soupira-t-il en posant un regard chaleureux sur Marianne. Je ne lui servais plus à rien, alors…

— Franchement, tu pourrais trouver mieux que ça comme réplique ! ironisa Kelly.

— Celle-ci fera l'affaire, coupa précipitamment Marianne. Si vous voulez pleurer sur mon épaule, Jake…

Elle s'éloigna avec lui et Kelly les suivit du regard, avec un sourire un peu forcé. Elle aurait dû se douter que Jake ne resterait pas désarçonné bien longtemps. Quels que fussent les lieux ou les circonstances, il se sentait vite à son aise, et les gens l'accueillaient comme s'ils n'avaient attendu que lui. En cet instant, par exemple, il était le seul à n'être pas habillé pour la soirée. Il portait le jean usé et le veston qu'il mettait toujours pour voyager. Pourtant, sa tenue ne paraissait pas négligée. C'étaient les autres qui semblaient endimanchés !

Il avait la chevelure un peu en bataille, une légère barbe bleuissait son menton, et sans doute débarquait-il de quelque avion après un long vol. Un voyage tendu et épuisant, probablement, qui l'avait mis sur les nerfs. Mais elle savait qu'elle était la seule à repérer sa tension intérieure.

Marianne l'avait refoulé dans un angle, l'isolant de toutes ses éventuelles rivales et, déjà, ils semblaient s'entendre à merveille. Kelly voulut se détourner, mais elle se contraignit cependant à observer le duo. Quoi que fît Jake, cela ne pouvait plus la blesser, désormais. D'ailleurs, elle ne manquait pas de soupirants, elle aussi, et elle était résolue à leur faire honneur !

Elle se donna pour but de s'amuser ferme, et ce ne fut pas avant une heure avancée qu'elle se retrouva de nouveau nez à nez avec Jake.

— Qu'est-ce que tu fabriques ici ? lui demanda-t-elle.

— Tu t'es déclarée enchantée de me voir, non ?

— Je mentais.

— Ah, ça fait plaisir ! protesta-t-il. J'ai pris un avion plus tôt afin d'être de la fête et voilà comment je suis accueilli !

— Je ne t'ai pas invité. Tu mériterais d'être arrêté pour t'être introduit dans cette maison sans autorisation. Je ne veux pas de toi ici.

— Pourquoi ? fit-il en homme sincèrement blessé. C'est aussi mon divorce que l'on fête.

— C'est ma pendaison de crémaillère. C'est ma nouvelle maison.

— Ah ? Ça fait trois mois que tu as emménagé.

— Il m'a fallu du temps pour l'arranger, improvisa-t-elle. Et puis c'est aussi une sorte de fête de Noël…

— Noël a lieu le mois prochain. Notre divorce date d'aujourd'hui.

— Ça alors, tu as remarqué ? ironisa-t-elle.

— Pas du tout, je pensais qu'il serait prononcé la semaine prochaine seulement et je… Bref, peu importe. Avoue que c'est le fait d'être débarrassée de moi que tu célèbres.

— Et comment !

Il lui décocha un sourire en coin.

— Pas besoin d'y mettre autant d'ostentation. Tu aurais pu dire tout simplement : « Jake, disparais ! »

— Je l'ai fait, soutint-elle.

En pure perte. Il avait décidé de tourner l'affaire en dérision, ainsi qu'il le faisait souvent lorsque quelque chose l'affectait plus qu'il ne voulait l'admettre. Pourtant, elle ne voyait vraiment pas pourquoi il était contrarié. Ne lui avait-elle pas accordé la liberté qu'il avait toujours désirée en secret ?

— Tu aurais pu me prévenir, chérie, poursuivit-il. J'aurais pu sauter du haut d'un pont, ou m'évanouir dans la jungle. La disparition instantanée, c'est ma spécialité.

— Tu es impossible ! s'écria-t-elle, exaspérée.

— Evidemment. C'est même pour ça que tu as divorcé.

— Ça, et d'autres raisons.

— Et pour ça que tu m'as épousé.

— Tirons un trait là-dessus.

— Il n'est pas si facile que ça de tirer certains traits, dit Jake.

Et, allez savoir pourquoi, il y avait vraiment de la colère dans sa voix. Elle dit précipitamment :

— Arrête. Tu as déjà gâché ma vie et j'ai réussi à m'échapper. Tu ne recommenceras pas une autre fois.

— C'est tout ce que notre mariage était pour toi ? Un gâchis ? Et notre divorce se résume à une libération, c'est ça ?

— Ça vaut aussi bien pour toi que pour moi, dit Kelly en se ressaisissant. Pense à ce que tu vas pouvoir faire de ta liberté, maintenant, avec toutes ces femmes voluptueuses qui te tournent autour.

— Je suis toujours revenu vers toi, dit-il à voix basse.

— Au bout du compte, oui. Et j'aurais dû t'en remercier, j'imagine ?

— Ce n'est pas ce qu…

Il s'interrompit, agacé, alors que de nouveaux arrivants venaient interrompre leur échange. Une jeune fille embrassa Kelly et lui remit un paquet.

— De la part d'Harry. Il est vraiment désolé de n'avoir pu rentrer à temps mais il t'envoie ça et t'appellera dans quelques jours. Tu lui manques terriblement.

— Il me manque aussi, dit Kelly.

Elle déballa le paquet, qui contenait une statuette en albâtre, exquise et visiblement coûteuse.

— Oh, c'est ravissant ! fit-elle.

D'autres nouveaux venus se présentèrent.

— Mademoiselle Harmon…, commença un jeune homme.

— Appelez-moi Kelly, je vous en prie.

— Kelly, désolé d'être en retard…

Elle prononça les mots qu'il fallait, s'occupa de ses invités. Jake vida son verre et, un instant plus tard, Kelly le vit danser langoureusement avec Marianne. Elle l'ignora. L'époque où elle se tenait à l'écart tandis que Jake occupait le devant de la scène était révolue.

Aux premières heures du jour, les invités commencèrent à rentrer chez eux. Carl et Frank, qui avaient entassé les assiettes dans l'évier, se disputaient l'honneur de rester pour faire la vaisselle, sous l'œil amusé de Kelly. Carl s'avança vers elle, l'enlaça et inclina la tête en lui murmurant :

— Dis-lui de s'en aller. Nous ferons la vaisselle ensemble et après…

— Laisse-la tranquille ! intervint Frank en le saisissant par les cheveux à l'instant où il allait, d'un geste volontairement théâtral, embrasser Kelly dans le cou. Elle est à moi !

Ils continuèrent à la tirer ainsi tandis qu'elle riait, divertie par leur manège, et qu'ils se lançaient des regards faussement noirs.

— A ta place, je ne confierais ma vaisselle ni à l'un ni à l'autre, déclara une voix. Débarrassez le plancher, vous deux.

Levant les yeux, Kelly vit, sur le seuil, Jake qui souriait.

— Je peux donner mes ordres moi-même, protesta-t-elle.

— Eh bien, alors, fais-le.

— Quand je l'aurai décidé.

Jake n'eut qu'un imperceptible mouvement du menton. Mais Carl et Frank le virent et ce fut suffisant pour qu'ils déguerpissent vers la porte.

— Hé ! Revenez ! leur lança Kelly. Il n'a plus aucun droit depuis ce matin !

— Tu n'as pas besoin d'eux, dit Jake, puisque je suis là.

— Merci, mais je me passe de tes services !

— Salut, les gars ! lança Jake, sans une once de remords.

Muette d'indignation, Kelly regarda disparaître ses deux admirateurs, « débarrassant le plancher » comme si Jake était maître des lieux. A la porte, Carl se retourna pour lui envoyer un baiser, et haussa les épaules, l'air de dire : « Que veux-tu y faire ? »

Et elle se retrouva seule avec Jake.

— Tu ne manques pas de culot ! De quel droit chasses-tu ces gens de chez moi ? Pour qui te prends-tu ?

— Il y a quelques jours, j'aurais su te répondre. Mais quand je découvre, en débarquant chez moi pour mon anniversaire de mariage, que ma femme plastronne parce que l'anniversaire en question est annulé…

— N'essaie pas de me faire croire que tu ne t'attendais pas à ce divorce !

— Disons que j'ai été surpris que tu ailles jusqu'au bout.

— Je vois. Tu pensais que je n'aurais pas assez de cran pour ça, hein ?

— Je ne pensais pas que tu serais assez stupide ! Ou assez bornée !

— Arrête de débiter des inepties. Notre divorce était inévitable. En couchant avec Olympia Statton, tu as toi-même mis un terme définitif à notre mariage.

— Bon sang ! explosa Jake. Combien de fois faudra-t-il te le répéter ? Je n'ai pas couché avec Olympia !

— Ben voyons. Tu as seulement fait un petit détour du côté de sa chambre d'hôtel à Paris à 3 heures du matin. Pour t'en aller une heure plus tard.

— Je n'ai jamais nié que j'étais entré dans sa chambre…

— Ni pourquoi !

— Soit, je n'y suis pas allé pour de bonnes raisons. Mais j'ai changé d'avis aussitôt. Je ne voulais pas me sauver comme un gamin qui a fait une bêtise, alors j'ai bu un verre et bavardé un peu. Et puis je lui ai dit que je ne me sentais pas bien et je suis parti. Comment pouvais-je deviner que c'était un piège et que toute l'équipe m'avait suivi à la trace ?

— Heureusement pour moi.

— Malheureusement pour nous. Je n'ai pas couché avec Olympia mais ils ont cru que je l'avais fait, et c'est à eux que tu as prêté foi, pas à moi. Bon sang ! Même Olympia t'a affirmé que je ne l'avais pas touchée, et il a fallu que tu la traites de menteuse !

« Elle ne désirait que ça », pensa Kelly. Certes, Olympia avait nié. Mais d'une façon qui revenait à un aveu, agitant sa longue chevelure blonde autour de son visage aux traits délicats d'un air de dire : « Tu ne t'imagines quand même pas qu'un homme pourrait me résister ? »

Et en effet, Kelly n'avait pas été assez sotte pour croire les mensonges de Jake. Comment aurait-il pu se retrouver seul en présence d'un corps aussi séduisant, et à demi dénudé, sans amener les choses à leur conclusion inévitable ?

— Olympia a dit ce que tu voulais qu'elle dise. D'ailleurs, ensuite, tu as avoué. Tu ne l'as tout de même pas oublié ?

— Je n'ai jamais dit que j'avais couché avec Olympia, s'empressa de répliquer Jake. Dans la déclaration officielle de divorce, j'ai admis un « adultère avec une femme inconnue… »

— Pour que le nom d'Olympia ne soit pas souillé, ironisa-t-elle. Tu es un véritable chevalier des temps modernes, Jake.

— C'est pour toi que j'ai fait ça, pas pour elle…

— Tu es trop bon !

— Tu étais déterminée à obtenir ce divorce, de toute façon. Olympia n'était qu'un prétexte pour te débarrasser de moi. Alors, je t'ai facilité les choses. S'il n'y avait pas eu Olympia, tu aurais trouvé un autre motif.

— Une autre femme, tu veux dire.

— Ou n'importe quel alibi né de ton imagination.

— Laisse tomber, Jake. C'est du passé, tout ça.

— Ben voyons ! Tu as voulu croire ce qu'il te convenait de croire et tu es allée de l'avant.

— « Voulu croire » ? s'indigna-t-elle. Si tu peux penser une seule seconde qu'il me plaisait d'imaginer l'homme que j'aimais en train de me tromper, alors tu es dingue ! J'ai dû encaisser la vérité, voilà tout. Après avoir refusé d'admettre les faits pendant des années.

— Les faits ? Quels faits ? explosa-t-il. Es-tu en train de prétendre que je t'avais déjà été infidèle ?

— Je me suis souvent posé la question ! Ce dont je suis sûre, c'est que j'ai passé mon temps à t'attendre dans mon coin pendant que tu sillonnais le monde pour le bénéfice d'Olympia, qui t'expédiait toujours en reportage lorsque nous nous apprêtions à fêter un anniversaire ou autre.

— Olympia est ma productrice, elle m'a confié des reportages importants parce qu'elle avait foi en moi. Si j'ai réussi, c'est pratiquement grâce à elle et… Bon sang, qu'est-ce que je raconte ? fit soudain Jack, jurant à mi-voix. C'est envers toi que j'ai une dette, car c'est parce que tu m'as soutenu financièrement du temps des vaches maigres que j'ai pu parier sur cette carrière. Je ne l'ai pas oublié.

19

— Si, tu l'as oublié, rétorqua-t-elle, mais avec calme cette fois, car sa colère était retombée. Et pourquoi en aurait-il été autrement ? C'était il y a longtemps. La vie continue, le passé est le passé.

— Kelly…

— Et le présent, c'est elle.

— Kelly, je t'en prie…

— Notre divorce n'a fait qu'entériner ce fait. Bon, maintenant, si tu veux bien, je vais finir de mettre la vaisselle dans l'évier.

2.

Pendant les minutes suivantes, Jake l'aida à débarrasser et elle renonça à lui faire quitter les lieux. Elle lava les plats tandis qu'il se chargeait d'essuyer. Puis il finit par observer :

— Je ne sais pas où ranger tout ça, ici.

— Laisse tomber et va t'asseoir pendant que je fais du café.

Un instant plus tard, quand elle apporta la boisson fumante, elle le trouva affalé sur son canapé, dormant à poings fermés. C'était un spectacle familier. Combien de fois l'avait-elle attendu avec impatience, pour le voir s'effondrer sur un lit, terrassé par le décalage horaire, quelques instants après avoir franchi le seuil ?

Il remua en entendant tinter les tasses et se redressa en sursaut, se frottant les yeux.

— Le voyage a été long ?

— Dix heures de vol, je suis éreinté.

Il se leva en bâillant et se mit à errer à travers l'appartement, livrant des commentaires :

— C'est joli, ici. Pas mal, comme quartier. Il y a des boutiques tout près, un parc, tu n'es pas loin de la fac…

Il ouvrit une porte, lorgnant dans sa chambre.

— Hé ! C'est chez moi, ici ! fit-elle, protestant contre son intrusion.

— Désolé, c'était juste pour jeter un coup d'œil.

Comme si c'était une excuse !

— De toute façon, j'ai déjà vu ta chambre, reprit-il en avançant encore pour contempler son grand lit. Tout le monde y déposait son manteau.

— Sors de là, ordonna-t-elle.

— Et cette porte, là ? Ça donne sur quoi ? Laisse-moi découvrir tes secrets les plus sombres.

Il poussa la porte de la seconde chambre, plus petite et encombrée de caisses.

— Je n'habite pas ici depuis longtemps, alors j'ai mis là les choses que je n'ai pas encore réussi à caser, expliqua-t-elle. C'est provisoire.

Se laissant entraîner de nouveau vers le salon, il observa :

— Ça ne te ressemble pas, de laisser traîner des cartons.

— Je n'ai plus les mêmes priorités qu'avant, j'imagine. Je suis trop occupée désormais pour m'acharner au rangement.

Jake s'assit sur le divan et, presque aussitôt, délogea de derrière son dos quelque chose qui le gênait : un livre.

— Hé ! Qu'est-ce que c'est que ça ? fit-il, déchiffrant le titre : *Changer de vie, au lit et ailleurs !*

— C'est Marianne qui me l'a offert, expliqua Kelly en pouffant. C'est un de ces trucs New Age. Juste un gag.

— Un gag ? Et tous ces signets entre les pages, c'est pour indiquer les passages les plus amusants, je présume ?

— Marianne en a placé certains, et moi d'autres.

— Lesquels ?

— Devine. Tu l'as rencontrée tout à l'heure et, vu la façon dont vous dansiez, tous les deux, vous ne devez plus avoir de secrets l'un pour l'autre, maintenant. Tu aurais dû partir avec elle, d'ailleurs. Elle ne t'a pas donné son numéro ? Parce que sinon, je peux te le…

— J'aimerais organiser ma vie sentimentale moi-même, si tu permets ! Ça signifie quoi, ça, hein ? continua Jake en indiquant un chapitre coché, qui s'intitulait : « S'offrir enfin un homme-objet. » C'est elle qui a souligné ça ?

— Non, elle a eu son content d'hommes-objets. Si elle en avait encore voulu un, elle ne se serait pas intéressée à toi. Voyons, Jake. Soyons francs. Tu n'as plus l'âge de jouer les gigolos. A trente-huit ans, tu...

— Trente-deux, tu le sais parfaitement.

— Ah ? J'aurais cru... Enfin, en tout cas, tu n'es plus de la première jeunesse et...

— C'est bon, c'est bon, fit-il, admettant de mauvaise grâce qu'elle se moque de lui. Donc, c'est toi qui as coché ce chapitre ?

— Bien sûr.

— Tu as de jolies lectures, madame Lindley !

— Mlle Harmon, rectifia-t-elle. Quant à mes lectures, tu n'as aucun droit de regard dessus.

Il se mit à lire à voix haute :

— « Puisque vous changez, ne le faites pas à moitié. Savourez votre sentiment de libération en vous débarrassant de vos biens indésirables... »

Il marqua un arrêt et s'enquit :

— Les maris en font partie, je suppose ?

— Arrête de faire l'empêcheur de tourner en rond. Tu t'ennuyais mortellement avec moi. Tu es furieux uniquement parce que j'ai pris l'initiative de la séparation. Enfin, si l'on peut dire, car en couchant avec Olympia tu...

— Cesse de parler d'elle, coupa Jake d'un ton qui ne présageait rien de bon.

— O.K., j'ai rien dit. Rends-moi mon bouquin.

— Minute, je n'ai pas fini. Où en étais-je ? Ah, oui. « ... biens indésirables. Remplacez-les par quelque chose de radicalement différent. Un changement de partenaire opérera des merveilles. Si le fait de faire l'amour avec le même homme pendant des années vous a lassée... »

De nouveau, Jake marqua un arrêt pour commenter :

— Ah, nous y voilà ! Je le disais bien !

Et il continua :

— … « choisissez-lui un successeur plus jeune. Il apportera à vos ébats fraîcheur, nouveauté, force et vigueur, ainsi que le sens de l'aventure. »

Reposant le livre sur la table, il laissa tomber :

— Tu dois être plus âgée que je ne l'avais cru. Je ne pensais pas que tu avais déjà l'âge de te payer un gigolo.

— Ça prouve que tu me connais bien mal, le taquina-t-elle, laissant errer ses mains sur sa combinaison moulante en satin noir. Là-dessous, je suis aussi molle et fripée qu'un vieux sac de pommes de terre.

— Laisse-moi constater ça par moi-même.

— Tu en as eu l'occasion cent fois, dit-elle, repoussant sa main.

— Pas depuis ta métamorphose !

— Eh bien tant pis pour toi. Contente-toi d'un regard tout extérieur, car tu n'auras jamais plus droit à autre chose.

— Tu veux parier ? demanda-t-il, le regard brillant.

— Jake ! Tu me crois tombée de la dernière pluie ou quoi ? Garde tes distances.

— Très bien. Revenons à ce qui nous occupe. Le gigolo.

— Je n'ai pas de gigolo. Pas encore. Ce sont uniquement des projets d'avenir.

Rouvrant le livre pour y trouver un nouveau sujet d'indignation, il lança :

— Et ça, alors, qu'est-ce que ça signifie, hein ? « Si vous êtes lasse de votre ancien moi, changez de personnalité, essayez-en même plusieurs. » Ah, bravo ! Et quel est ton moi d'aujourd'hui ? Comment es-tu censée t'y retrouver, dans toutes ces personnalités ?

— Facile. Il suffit de donner un nom à chacune.

— Effectivement. Je vois que tu as inscrit une liste dans la marge. « Yvonne… »

— La fille sportive et dégagée.

— Helena…

— Une rêveuse, une sentimentale, précisa Kelly, qui s'amusait ferme. Vie intérieure intense, imagination débridée.

— Carlotta ?

— Une aventurière du sexe. Toujours prête à de nouvelles expériences.

— Et les hommes s'y retrouvent comment ?

— Pas de problème. Il suffit de réserver une personnalité donnée à un homme donné.

Jake sirota son café, sans la regarder. Puis, brusquement, il grommela :

— Bon, avec lequel tu couches ?

— Pardon ?

— Carl ou Frank ? Ou ce mystérieux Harry à qui tu « manques terriblement » ?

— Mêle-toi de tes affaires !

— A moins que ce ne soit un de ces types qui te déshabillaient du regard, ce soir ? Pas besoin de beaucoup d'imagination pour ça, remarque, vu ta tenue.

— Voilà que tu m'insultes, maintenant !

— Pas du tout ! J'aime qu'une femme soit à l'aise avec son corps. Quand on possède une silhouette comme la tienne, autant l'afficher. Et tu le fais diablement bien ! Je n'ai rien contre. Tu as renoncé à bien des choses en m'épousant, je ne l'ignore pas. Je te reconnais le droit de t'amuser un peu.

— De toute façon, tu n'as plus le pouvoir de me l'interdire !

— Depuis 10 h 30 ce matin, je sais.

— Depuis bien plus longtemps que ça. En fait, depuis que… Oh, non, on ne va pas revenir là-dessus. On va encore se disputer, et en pure perte, en plus.

— Donc, tu ne réponds pas à ma question ?

— Quelle question ?

— Avec qui partages-tu ton lit ?

Se détournant légèrement vers lui, elle répéta en souriant :

— Occupe-toi de tes affaires, Jake.

— Je n'ai pas encore perdu l'habitude de considérer que ce qui te concerne me regarde aussi.

— Tu t'y feras, décréta-t-elle. Les choses ont changé.

Il laissa errer un doigt sur la chair nue de son épaule, le regard braqué sur sa poitrine ronde, soulignée par le tissu moulant.

— Diablement changé, murmura-t-il. Je pourrais devenir jaloux.

Une lueur indéniablement admirative brillait dans ses yeux et, un bref instant, l'ancienne Kelly, celle qui rayonnait au moindre intérêt qu'il pouvait lui manifester, refit surface. La nouvelle Kelly lui imposa silence. Elle connaissait Jake à fond, aucune de ses manœuvres ne lui échappait.

— Tu perds ton temps, affirma-t-elle.

— C'est bien sûr ?

— Certain.

— Alors, j'ai deviné, il s'agit de l'un d'eux ?

— Là encore, tu perds ton temps.

Il retira sa main.

— Pour avoir changé, tu as changé, murmura-t-il. Tu me disais tout, avant.

— C'était du temps où je n'avais rien d'intéressant à raconter. Du temps où je me creusais la cervelle pour trouver quelque chose à te dire au sujet de la maison ou de mon travail. Du temps où tu passais à la télé depuis des contrées lointaines et où, dans mon coin, je pensais : « Seigneur ! Et moi qui lui ai parlé de ma dispute avec le laitier ! »

— Peut-être que j'aimais ça, t'entendre parler du laitier. C'était concret, ça m'ancrait dans la vraie vie, ça m'aidait à garder les pieds sur terre.

— Eh bien, j'en ai peut-être eu assez d'être ton « ancrage dans le concret » et rien de plus, pendant que toi tu sillonnais le monde.

— Je ne t'ai même pas reconnue, ce soir, se plaignit-il. J'avais quitté une bibliothécaire et je retrouve une bombe, « mère au foyer mais sexy », comme ils disent dans ton bouquin.

— Mère au foyer, jamais, dit-elle très vite.

Il fronça les sourcils, puis comprit.

— Excuse-moi, soupira-t-il. Ça m'a échappé. Je ne me rendais pas compte que ça te faisait toujours aussi mal, après tout ce temps.

— C'est vrai, ça date d'il y a sept ans, répondit-elle d'une voix tendue. J'aurais dû tout oublier, comme toi.

— Tu es injuste. Je n'ai pas oublié que nous avons failli avoir un enfant. Un enfant que je désirais profondément.

— Oui, assez pour m'épouser parce que j'étais enceinte, énonça doucement Kelly.

Faisant peut-être preuve de sagesse, Jake ne répondit pas.

— Quand j'ai dit que tu étais une « bombe », je le pensais vraiment dit-il. Ce soir, on ne voyait que toi dans cette pièce. Je devrais peut-être prendre un numéro pour avoir ma chance après Carl, Frank et tous les autres.

— Non. Tu étais en tête de liste mais ton tour est passé. C'est fini.

— Comment cela peut-il être fini, après tout ce que nous avons représenté l'un pour l'autre pendant huit ans ?

— Allons, allons, ne te laisse pas aller au sentimentalisme. Tu as compté pour moi, mais l'inverse n'était pas vrai.

— C'est faux.

— Pas du tout. Jake, c'est sans doute notre dernière entrevue. Alors, soyons entièrement honnêtes, pour une fois. Mettons cartes sur table avant de continuer chacun de notre côté. Tu m'as épousée parce que j'étais enceinte et que tu voulais te conduire en gentleman.

— Il y avait tout de même autre chose que ça…

— C'est juste, tu désirais réellement un enfant, tu avais hâte d'être père. Et si j'avais eu ce bébé, nous aurions peut-être été heureux. Mais j'ai fait une fausse couche à quatre mois et je ne suis plus jamais tombée enceinte par la suite.

— Ce n'est pas faute d'avoir essayé.

— Oui. Je suppose que c'était ma seule chance d'avoir un enfant et qu'à présent c'est fini. Et tu tiens toujours à être père, n'est-ce pas ?

— Ce serait bien, admit-il après un silence. Mais ce n'est peut-être pas destiné à se réaliser.

— Pour nous deux, non. Mais ta prochaine épouse te donnera tous les enfants que tu voudras.

— Ne parle pas de ma « prochaine épouse ». Nous ne sommes même pas divorcés depuis vingt-quatre heures et tu veux déjà me remarier !

— Je dis simplement que nous allons de l'avant, tous les deux, et que c'est une bonne chose.

— Et c'est quoi, pour toi, aller de l'avant ?

— Etudier l'archéologie.

— Et tu passeras tes vacances sur des terrains de fouilles avec Carl. Bravo. Ça laissera les autres sur leur faim.

Kelly haussa à peine les sourcils. Jake tenta de déchiffrer son expression, sans y parvenir. C'était nouveau pour lui.

— Tu t'amuses, hein ? fit-il.

— Tu as reconnu tout à l'heure que j'en avais le droit.

— Sois prudente malgré tout. J'ai des doutes sur certains des hommes que j'ai vus ici ce soir.

— Moi, j'ai des doutes sur un seul.

— Tu as acquis un sacré sens de la repartie ! Sauf quand tu ne réponds pas du tout. Je t'ai envoyé des fax, des e-mails, des lettres… sans aucun résultat.

— J'ai répondu, au début. J'ai arrêté lorsque j'ai constaté que tu ne tenais aucun compte de ce que j'écrivais.

— Parce que j'étais fou furieux de voir que tu refusais mon soutien financier. Tu as abandonné tes études pour m'aider dans ma carrière. Tu as le droit de disposer d'une large part de ce que je possède. Ton avocat a dû t'en parler, d'ailleurs !

— Oh, rassure-toi, il est aussi furieux que toi.

— Je lui avais dit que je t'accorderais tout ce que tu me demanderais. Et tu l'as forcé à répondre : « rien du tout ». Ah, chapeau ! Je ne parlerai pas du fichu travail que tu as pris, après tous les jobs sans avenir que tu as acceptés pour m'aider ! Comment pourras-tu préparer convenablement ton diplôme si tu t'épuises par ailleurs au boulot ? Tu m'as soutenu pendant les années difficiles. Tu pourrais au moins me permettre de payer tes études.

— Pourquoi le devrais-je ?

— Parce que je te dois bien ça, dit Jake avec colère. Et que je tiens à payer mes dettes.

Kelly le dévisagea avec calme.

— Si notre mariage est une dette à payer à tes yeux, alors nous sommes encore plus éloignés l'un de l'autre que je le pensais. Tu ne comprendras donc jamais rien ?

Il secoua la tête. Non, il ne comprenait pas ! Et il était furieux, contre elle et contre lui-même. Il ne voulait pas « payer une dette ». Seulement lui exprimer sa profonde gratitude. Mais il n'avait pas su se faire comprendre, une fois de plus. Devant une caméra de télévision, il était à l'aise ; les mots lui venaient tout seuls. Avec cette femme, il ne les trouvait pas, et il était maladroit.

— Eh bien, explique-moi, murmura-t-il, les mâchoires serrées.

— Ce que j'ai fait, je l'ai fait par amour. Nous formions une équipe, nous nous le sommes assez répété, non ?

— Bien sûr. Mais ce mot-là n'a jamais eu grand sens pour toi, de toute évidence.

— Moi, j'aidais l'homme que j'aimais, c'est tout. Toi, tu n'avais pas la même vision de notre couple.

— Je t'ai fait subir une injustice, persista-t-il. J'essaie de la réparer.

— On ne peut pas revenir en arrière. Ce qui a eu lieu a eu lieu, tu n'y peux rien changer. Le passé est bien mort.

Son tempérament combatif le poussait à se rebeller contre ce point de vue. Mais la mélancolie qui perçait dans cette expression, « le passé est bien mort », le réduisit au silence.

Les subtilités de Kelly lui échappaient. Il ne savait appréhender que les faits. Il s'y était toujours raccroché pour esquiver les discussions et, au bout d'un certain temps, elle avait renoncé à approfondir quoi que ce fût avec lui. A l'époque, il en avait été soulagé.

— A quoi bon discuter ? soupira-t-elle.

— J'en ai peut-être envie, moi, argua-t-il.

— Allons donc. Tu as toujours détesté ça, Jake. Tout ce que tu voulais, c'était que je me taise et que je t'approuve.

— A t'entendre, j'étais une sorte de monstre, dit-il, réellement atterré.

— Pas du tout, murmura-t-elle avec un soupçon de nostalgie. Tu étais un homme comme tant d'autres : sûr d'avoir raison.

— C'est ce que tu pensais de moi depuis le début ?

— Non. Mais à la fin, nous ne formions plus vraiment un couple, n'est-ce pas ? dit-elle en se levant pour porter les tasses dans la cuisine.

D'un geste, elle l'empêcha de la suivre pour lui donner un coup de main.

Elle avait besoin de prendre ses distances avec lui. Le tour que prenait la conversation la déstabilisait. Elle n'aurait pas dû parler de couple et d'amour avec Jake ; cela éveillait des souvenirs qu'il valait mieux laisser enfouis.

« Mais est-ce que je désire réellement oublier ? se demanda-t-elle. Pourrai-je effacer ces huit ans écoulés ? Ils m'ont dépouillée de bien des choses, mais m'ont tellement apporté aussi ! »

Elle se remémora ses dix-sept ans… Elle était alors une lycéenne un peu trop enrobée, timide et solitaire, qui ne savait pas vraiment s'amuser. Elle travaillait dur dans l'espoir d'échapper à la petite ville provinciale où elle avait grandi, et à sa mère célibataire, à qui elle pesait. Mildred Harmon avait à peine dépassé la trentaine et affirmait avec conviction qu'elle avait encore « la vie devant elle ».

Kelly projetait de faire des études universitaires. Cependant, durant sa dernière année de lycée, elle avait assisté à une réunion d'information sur la carrière journalistique. Elle s'attendait à entendre Harry Buckworth, le directeur du journal local, qu'elle connaissait un peu. Mais Harry, retenu au lit par une forte grippe, avait envoyé à sa place Jake, au journal depuis un an.

Et, en un instant, tout avait été dit. A vingt-quatre ans, Jake, avec sa haute taille, sa silhouette athlétique moulée dans un jean, sa beauté et son aisance, lui était apparu comme une sorte de dieu. Il parlait si bien, avec tant de passion ! Et comme il riait ! Rien que pour cela, elle en serait tombée amoureuse.

En rentrant chez elle, rêveuse et éblouie, ne songeant qu'à essayer de le revoir, elle avait heurté quelqu'un sans le vouloir. C'était Jake.

Il lui avait offert un milk-shake au café du coin, l'avait écoutée parler. Elle ne se souvenait pas de ce qu'elle avait pu dire. Mais lorsqu'ils s'étaient quittés, la soirée était plus qu'entamée, et elle appréhendait l'accueil qu'on lui ferait à la maison, ne sachant comment expliquer son absence. En fin de compte, elle n'avait trouvé qu'un mot de sa mère, sortie avec son dernier petit ami en date, qui lui disait de se réchauffer un plat surgelé au micro-ondes.

Ensuite, Jake et elle s'étaient souvent croisés, comme par hasard, et retrouvés au café. Parfois, il l'aidait dans ses devoirs, la guidait pour faire des recherches sur Internet, l'écoutait développer ses idées. Auprès de lui, elle se sentait très « adulte ».

Une fois qu'il l'avait raccompagnée jusque chez elle, Mildred, postée derrière les rideaux, leur avait fait signe d'entrer. Elle avait observé songeusement Jake et, après son départ, avait dit à Kelly :

— Fais attention à ce garçon. Tu deviens jolie fille.

Deux semaines plus tard, le jour de son dix-huitième anniversaire, il lui donna enfin un baiser, et elle se sentit au septième ciel.

— J'attendais que tu aies l'âge, lui dit-il.

Mildred, apparemment persuadée d'avoir fait son devoir maternel, était souvent de sortie, et Kelly put se laisser aller à savourer son bonheur.

Et puis Jake perdit son travail.

— J'étais obligé de le renvoyer, dit Harry lorsqu'elle lui demanda des explications. Il travaille dur, ça, je le reconnais. Mais c'est un entêté de première.

— Un bon journaliste se doit d'avoir des opinions et de les défendre !

— C'est bien joli, les opinions, mais à condition de tenir compte de celles des autres ! Je lui avais confié un reportage important, en lui donnant des directives sur la façon de mener l'affaire. Mais il a fallu qu'il n'en fasse qu'à sa tête ! Quand je suis rentré après une journée de voyage, le journal était quasiment bouclé et s'il avait paru en l'état, cela nous aurait aliéné notre plus important annonceur…

— Pff ! Les publicistes ! rétorqua dédaigneusement Kelly.

— Ça, c'est du Jake tout craché, fit Harry. Il est effronté, irréfléchi, et il a une trop grande gueule.

32

« C'est on ne peut plus vrai », s'avoua Kelly, debout dans sa cuisine, huit ans plus tard. Jake avait des opinions bien arrêtées, un culot monstre, une assurance inébranlable. Bref, il était impossible. Quand on le mettait devant une caméra, tout cela se muait en charisme extraordinaire. Mais qui aurait pu s'en douter, alors ?

Elle se contraignit à revenir au présent, à la réalité. Il était temps de tourner la page et de raccompagner Jake sur le seuil. Elle retourna dans le salon, les mots au bord des lèvres. Mais ils ne sortirent pas.

Jake était effondré sur le canapé, à l'endroit où elle l'avait laissé, plongé dans un profond sommeil, comme toujours après un reportage épuisant.

3.

Réprimant un soupir, elle alla prendre une couverture et l'en enveloppa doucement, puis elle éteignit et gagna sa chambre. Elle avait à peine refermé sa porte qu'un grand bruit sourd l'amena à la rouvrir. Dans la lumière tamisée diffusée par sa lampe de chevet, elle aperçut Jake sur le sol.

— Bon sang, qu'est-ce qui se passe ?

— Tu es tombé du canapé en te retournant.

Il bâilla, se frotta les yeux. Elle vint arranger les coussins et, quand il se fut de nouveau hissé dessus, elle se mit en devoir de lui ôter ses chaussures. Puis elle lui allongea les jambes et rabattit la couverture.

— Tu vas me border ? demanda-t-il avec un sourire.

Dans la pénombre, elle ne distinguait que la lueur malicieuse de son regard. Acceptant le jeu, elle déclara d'un ton maternel :

— Oui, alors sois sage.

— Je suis toujours sage.

— Bien sûr. Dors bien.

Au même instant, elle sentit deux mains viriles qui lui enlaçaient la taille.

— Je n'ai pas droit à un petit bisou de bonne nuit ?

— Non, dit-elle alors qu'il l'attirait déjà vers lui. Jake, ce n'est pas bonne nuit, c'est adieu.

— Un baiser d'adieu, alors.

Comme il l'attirait plus près encore, elle pensa que cela ne représentait guère un danger. Elle était immunisée contre les baisers de Jake, à présent, et c'était le moment de le prouver.

En sentant sa bouche contre la sienne, cependant, elle reçut un choc. Etrangement, ces lèvres qu'elle connaissait si bien avaient quelque chose qui ne lui était plus familier. Il y avait si longtemps qu'il ne l'avait embrassée ! A présent, elle retrouvait dans sa caresse la fermeté et la douceur de leurs premiers baisers, avant que tout ne parte à vau-l'eau entre eux, et elle avait envie de les savourer un peu, comme un cadeau à retardement...

Ils s'embrassèrent comme deux étrangers explorant un nouveau territoire, intrigués, prêts à être surpris, à épouser toutes les exigences du désir. Jake se montrait passionné, ardent, et elle se sentait sur le point de céder à son étreinte...

A ce moment précis, un souvenir indésirable s'insinua dans sa mémoire. Craig... Un journaliste qui avait volé un scoop à Jake. Jake lui avait tiré son chapeau. Puis, la semaine suivante, il avait mis la main sur un scoop plus sensationnel encore, qui avait renvoyé Craig aux oubliettes.

— Je ne suis pas bon perdant, avait-il expliqué.

En divorçant, en le rejetant aux yeux de tous, Kelly l'avait placé en position de perdant. Il n'allait sûrement pas la laisser partir pour de bon sans tenter quelque chose pour renverser la situation à son avantage. C'était donc le moment de se montrer forte. Tout de suite. Incessamment. Bientôt... Il y avait, dans le baiser de Jake, dans la caresse de sa langue, quelque chose qui l'incitait à ne pas jouer les rabat-joie et à savourer l'instant sans arrière-pensée. Quelque chose qui la retenait captive, subjuguée. Et, tout à coup, elle s'ouvrit entièrement au plaisir qui s'offrait à elle.

Il était trop tard pour la prudence, pensa-t-elle en prenant l'initiative, grisée de sentir l'étonnement de Jake. Après un instant de passion mutuelle, il l'écarta doucement de lui, la contemplant d'un air interrogateur.

— Mmm, fit-il. Yvonne ? Helena ?

— Carlotta, dit-elle avec intrépidité.

— Ah ! C'est justement ce que j'espérais. Elle a l'air diablement intéressante…

— Encore plus que tu ne l'imagines, même si elle ne met pas n'importe qui dans le secret.

—« Toujours partante pour une nouvelle expérience », cita Jake, reprenant la description qu'elle avait faite de Carlotta, plus tôt dans la soirée.

— Prête à tout, confirma Kelly.

Jake la prit au mot, laissant errer ses mains sur son corps moulé de satin noir, répondant à l'invite implicite de la tenue : une femme ne s'habillait ainsi que pour se faire dévêtir… Et cela lui convenait, du moment qu'il était l'homme élu pour lui complaire.

Le souffle suspendu, Kelly le laissait redécouvrir son corps. Ils avaient bien souvent fait l'amour et, pourtant, elle avait l'impression que c'était la première fois. Elle sentait qu'il se comportait comme avec une autre femme ; en la voyant sous un autre jour, il se comportait différemment lui aussi.

La première caresse de sa langue sur la peau nue de ses seins fut si légère et subtile qu'elle la perçut à peine. Puis elle se fit plus insistante, plus avide, et Kelly se cambra pour mieux s'offrir, laissant échapper un long gémissement de volupté.

— Que veux-tu ? murmura Jake.

— Tu sais bien ce que je veux.

— Dis-le quand même.

— Je veux… tout.

Il la souleva pour l'emporter jusqu'à sa chambre. Bientôt, il l'eut entièrement dépouillée de la combinaison de satin, et il ôta ses propres vêtements à gestes rapides. Elle vit qu'il était excité, qu'il la voulait au-delà de toute raison, et ne fut pas surprise de le sentir presque aussitôt en elle. Instantanément, elle épousa ses

36

mouvements vigoureux et rythmés. Il y avait si longtemps… En cet instant, elle s'avoua enfin la violence du désir qu'elle nourrissait encore pour lui. Elle se laissa aller avec délices, lui rendant plaisir pour plaisir, en affamée de passion, jusqu'à la complétude ultime.

Ce fut une sensation si intense qu'un instant, elle en demeura comme étourdie. Son cœur battait follement, et elle attendit que son corps s'apaise peu à peu, dans une sorte d'état second qui tenait du rêve éveillé. Elle avait la sensation d'être ailleurs, de s'observer à distance, se demandant si la femme qui venait de se révéler en elle était bien l'ennuyeuse petite Kelly, qui avait perdu son mari parce qu'elle n'apportait aucun piment dans sa vie.

Lorsqu'elle rouvrit les yeux, elle s'aperçut que Jake s'était levé et se tenait, nu, devant la fenêtre. Elle se sentit brièvement rejetée puis, percevant la tension de son corps viril, elle réalisa qu'elle se trompait, qu'il y avait autre chose. Le front de Jake reposait contre le montant et elle voyait, de là où elle se trouvait, qu'il avait le regard vague d'un homme perdu dans ses propres pensées.

En soi, c'était étrange. Jake n'avait jamais eu tendance à l'introspection. Sa principale préoccupation, c'était le monde extérieur, et il n'était pas du genre à s'analyser, se disséquer, s'interroger sans fin sur lui-même. Si elle ne l'avait pas su intrépide, elle aurait pu croire qu'il avait peur de se connaître à fond…

Mais elle n'avait pas envie de s'appesantir là-dessus. Maintenant, c'était elle qui repoussait les questionnements pour ne songer qu'à la volupté des sens. Et elle venait d'éprouver le plaisir le plus intense de toute sa vie de femme. Elle poussa un petit soupir de satisfaction, jouissant de la vue du corps long et ferme, élégamment musclé, de Jake, sans refouler les pensées torrides qu'il évoquait. L'ancienne Kelly, la lycéenne énamourée, avait disparu, et c'était en femme qu'elle contemplait ce beau spécimen viril. Oui, sur le plan de la masculinité, Jake triomphait aisément de tous les tests, pensa-t-elle avec un sourire.

Et elle en avait d'autres en réserve pour lui. Il ne s'agissait plus d'amour, mais de plaisir pur. La sensualité pour la sensualité.

Se glissant silencieusement hors du lit, elle le rejoignit. Quand elle fut juste derrière lui, elle lui toucha doucement l'épaule mais, s'il redressa la tête, il ne la regarda pas. Elle effleura son dos, atteignit le creux de ses reins, marqua un temps d'arrêt, puis s'enhardit vers son ventre, faisant aller et venir sa main. Il se détourna à demi, mais elle le retint.

— Non, murmura-t-elle. Je te dirai quand.

Elle continua sa caresse, triomphant de le sentir déjà prêt pour elle, tandis qu'il murmurait :

— Je croyais que tu dormais.

— Le crois-tu toujours ? souffla-t-elle en se plaquant contre son dos.

— Je ne sais pas que penser. Peut-être es-tu un fantôme.

— Est-ce qu'un fantôme ferait ça ? s'enquit-elle en caressant son corps viril partout où elle le savait sensible. Ou ça ?

— Qu'est-ce que tu fabriques ? murmura-t-il d'une voix rauque.

— Je te prouve que je suis réelle. Très, très, très physique, même.

— Ça oui ! Aucune des femmes que je connais ne ferait ça, souffla-t-il en savourant ses attouchements.

— Précisément. Aucune femme de ta connaissance, admit-elle, ravie du jeu délicieux qu'ils avaient entamé.

Cette nuit, ils n'avaient ni passé ni futur. Ils venaient de nulle part et, demain, ils s'évanouiraient comme s'ils n'avaient jamais existé. Mais maintenant, ils étaient bien là, brûlants de désir, et c'était magique.

Jake ne tarda pas à pivoter sur lui-même, à prendre l'initiative.

— Prête à tout ? murmura-t-il contre ses lèvres.

— Je crois pouvoir te surprendre un peu.

Cependant, c'était lui qui la surprenait, à présent, et elle adorait ça. Pendant leur vie de couple, Jake avait toujours été un amant tendre et attentionné. Cette fois pourtant, il n'y avait plus rien de tendre dans son étreinte et ce fut presque brutalement qu'il la repoussa sur le lit, lui écartant les cuisses pour la prendre avec un emportement violent. Passé le premier choc, elle lui répondit avec ardeur, nouant ses jambes autour de lui, le sollicitant avec une passion égale à la sienne. Puis leurs mouvements se firent plus doux, plus sensuels…

Elle avait cru se connaître : pudique, paisible, nullement flamboyante ou aventurière. Et voilà qu'elle se découvrait emportée, débridée même, comme si sa sensualité, enfin révélée, cherchait à prendre une éclatante revanche.

Quand leur élan se fut apaisé, Jake alluma la lampe de chevet.

— Je veux te regarder.

Elle se redressa, se tournant de côté et d'autre sans fausse pudeur pour bien s'offrir à son regard, et demanda avec espièglerie :

— C'est bien ce que tu voulais ?

— Mieux encore. Tu me provoques, ma parole !

Son regard brillait, et elle fut intriguée par l'éclat inaccoutumé de ses yeux. Mutine, elle le renversa sur le dos et le chevaucha, jouissant de son air à la fois troublé et surpris.

— Détends-toi et savoure ! lui lança-t-elle.

— J'aimerais savoir où tu as appris tout ça, murmura-t-il d'une voix quelque peu haletante.

— Ça ne te regarde pas, lui souffla-t-elle.

C'était fou ce qu'on pouvait découvrir dans les livres, de nos jours, pensa-t-elle. Mais elle n'allait certes pas le dire à Jake. Quelle délicieuse excitation de le sentir en elle de cette façon-là, si nouvelle, et de constater que, cette fois, Jake la trouvait vraiment imprévisible… Oui, c'était grisant de liberté et de volupté, songea-t-elle en s'abattant sur lui, souriante et repue.

Après une nuit pareille, elle allait enfin pouvoir le laisser partir.

Dans la chambre éclairée par le jour, Kelly se redressa, pleinement éveillée, et furieuse contre elle-même. Seigneur, qu'avait-elle donc fait ? Elle aurait dû se douter que Jake tenterait quelque chose ; que, piqué par leur divorce, il chercherait à toute force à prouver qu'il pouvait encore la mettre dans son lit. A présent, elle n'était plus qu'un trophée, tels ces scalps que les Indiens passaient à leur ceinture !

Bien sûr, ç'avait été merveilleux, grisant, inoubliable. Oui, cette nuit, il l'avait vue sous un tout nouveau jour, en femme désirée par d'autres hommes. Et, en prédateur qu'il était, il avait combattu pour avoir la suprématie sur eux. Mais maintenant ? Satisfait, il n'avait plus qu'à disparaître...

Elle se faufila hors du lit, passa une robe de chambre et alla s'activer dans la cuisine, tout en guettant, malgré elle, le bruit de ses pas quand il viendrait la rejoindre.

— Le petit déjeuner est bientôt prêt, lui dit-elle quand il apparut enfin.

Elle lui glissa une tasse de café fumant dans la main.

— Comment te sens-tu ? demanda-t-il prudemment.

— Merveilleusement bien. J'avais peur d'avoir une bonne gueule de bois, après la soirée d'hier, mais non, je suis en forme.

— Je n'ai pas l'impression que tu aies bu tant que ça.

— J'étais un peu pompette, mentit-elle.

— Tu as changé, alors. Tu ne prenais jamais beaucoup d'alcool, avant.

— Je n'avais pas non plus d'aventures d'un soir. Mais j'ai fait une exception pour toi, en souvenir du bon vieux temps.

— C'est gentil de ta part, grommela-t-il.

— Tu me devais bien ça, après avoir renvoyé Frank et Carl avant que j'aie pu choisir entre eux.

Jake eut un soupir étranglé.

— Ne parle pas comme ça, dit-il.

— Hé, ne fais pas cette tête. C'était formidable. Une façon épatante de mettre fin à notre mariage.

Une pensée épouvantable la traversa et elle s'enquit :

— Jake, ça t'a plu, n'est-ce pas ?

— Et même mieux que ça, admit-il à voix basse. Je ne savais pas que tu avais… appris tant de choses.

Il semblait vouloir lire en elle mais elle se déroba à son inquisition silencieuse avec un sourire paisible, en parfait désaccord avec les battements précipités de son cœur.

— Tu as raison, dit-il enfin, tu es une autre femme. Je ne l'avais pas compris. Ta vie t'appartient, à présent. Tu as repris ta liberté pour t'accomplir à ta guise.

— C'est bien pour nous deux, souligna-t-elle.

— Oui. C'est juste que…

Tendue, elle attendit ce qui allait suivre. Il semblait chercher ses mots, et elle les guettait… Tout à coup, il changea de visage en voyant quelque chose derrière elle, et l'expression qui l'intriguait tant fit place à un air effaré.

— Oh, bon sang ! s'exclama-t-il, le regard braqué sur le réveil. Tu as vu l'heure ?

— Il est juste un peu plus de 10 heures. Pourquoi ?

— Il faut que je saute dans un taxi pour attraper le vol de midi, sinon je n'ai plus qu'à tirer un trait sur ma carrière.

Un instant plus tard, il partait, sans lui avoir livré ce qu'il avait voulu dire.

— Salut, lui lança-t-il avec un bref baiser sur la joue. Il y a un cadeau pour toi sur le lit. Pour Noël et la pendaison de crémaillère.

Le présent était une montre en platine ornée de petits diamants, le genre d'objet qu'un homme pressé peut acheter dans une boutique d'aéroport, entre deux vols. Elle était habituée à de tels cadeaux de sa part, car il lui en avait rapporté à chaque retour du bout du monde.

Jamais elle ne lui avait avoué à quel point elle se sentait seule sans lui. Peut-on se plaindre à un homme qui vous rapporte sans cesse des bijoux coûteux ? D'ailleurs, elle se sentait presque aussi seule lorsqu'il était près d'elle.

Cette fois, pourtant, c'était différent, puisqu'il n'était nullement tenu de lui offrir quoi que ce fût, et ce geste la toucha. Elle regarda en souriant autour d'elle. Et soudain, face au vide qui l'entourait, elle sentit aussi un grand vide dans son cœur, un vide effrayant et impossible à combler.

4.

En se réinscrivant à l'université, Kelly avait craint de se sentir un peu rouillée. Mais, contrairement à son attente, les cours lui avaient paru faciles à suivre et passionnants. Les professeurs appréciaient son travail, et elle éveillait autour d'elle beaucoup de sympathie. C'était un peu comme si elle avait enfin droit à la vie idéale d'étudiante dont elle avait rêvé autrefois.

Le problème, c'était de faire face au coût de ces études. Elle avait fait un emprunt bancaire pour couvrir les frais principaux, et travaillait trois soirs par semaine dans un petit restaurant. Cela se révélait plus fatigant que prévu.

Peut-être aurait-elle dû accepter la proposition de Jake, plutôt que d'avoir à subir, à la fin d'une journée de cours éreintante, l'odeur de graillon qui émanait des cuisines et qui lui donnait la nausée. Elle n'éprouvait rien de tel, au début. Mais depuis sa nuit si particulière avec Jake, elle avait curieusement changé d'humeur. Elle était devenue irritable, et même prompte à s'échauffer.

Elle n'avait pas de nouvelles de Jake et s'en réjouissait : cela l'aiderait à tourner entièrement la page.

Pourtant, ce n'était pas si facile. Ce qui s'était produit entre eux, loin d'avoir le caractère d'un adieu, avait tout d'une redé-couverte. C'était le type d'échange sensuel qu'on avait au début d'une rencontre, comme pour explorer les possibles, jalonner l'avenir. Quelle absurdité de faire l'amour de cette façon alors que tout était fini !

Oui, c'était absurde, risible, inepte, se répétait-elle à l'envi, comme pour tenter de juguler la nostalgie aiguë qui la tourmentait.

Elle savait que Jake était rentré, quelle qu'ait pu être sa destination, car elle avait vu une photo de lui dans un journal, prise au cours d'une soirée glamour donnée en son honneur. Olympia était pendue à son bras, rayonnante, superbe.

Sinon, elle pouvait aussi le voir au journal télévisé, ainsi qu'elle l'avait fait des années durant...

Un soir qu'elle regardait justement les nouvelles avant de se coucher, on annonça son intervention « en direct du théâtre des hostilités », comme d'habitude. Elle prêta à peine attention à ce qui se disait, réprimant un bâillement. Jake avait toujours adoré être dans le feu de l'action, fût-ce la plus dangereuse. Elle suivait cela de loin, à la maison, morte d'angoisse, et lui taisait ses inquiétudes lancinantes quand il rentrait. Il n'aimait pas parler de ces choses.

— Tout ça, c'est de la frime, de l'exagération, soutenait-il. Je rentre toujours sain et sauf, non ?

Et c'était vrai. A présent, elle trouvait vraiment agréable de ne plus avoir à se ronger les sangs, puisque leurs chemins s'étaient séparés. En tout cas, il avait fière allure à l'écran, reconnut-elle, avec son hâle d'homme d'action, sa chevelure brune légèrement ébouriffée par la brise tandis qu'il transmettait son commentaire des événements :

— Les deux camps sont plus éloignés que jamais de faire la paix...

Elle n'écoutait pas vraiment ce qu'il disait, concentrant son attention sur son visage. Quand donc ces petits plis étaient-ils apparus sur le front de Jake ? Les avait-il, lorsqu'ils s'étaient vus pour la dernière fois ? Elle n'aurait su dire, trop d'impressions et d'images se superposaient dans son souvenir...

— Sous le tir incessant des mitrailleuses, que vous pouvez entendre crépiter autour de moi…

La voix de Jake s'évanouit tout à coup et Kelly fut tirée de sa rêverie. Elle vit qu'il avait disparu de l'écran, que la caméra tournoyait en tous sens ; quelqu'un criait, et voilà que Jake était là, à terre, que des gens se ruaient vers lui, qu'un flot de sang se répandait entre ses doigts, crispés sur son estomac. Soudain, elle comprit qu'il avait été atteint par un coup de feu.

Il parlait encore en direction de la caméra, réussissant à sourire péniblement.

— Ils étaient plus près que je ne croyais, continua-t-il, tandis qu'on le soulevait et qu'on l'emportait loin du théâtre de la guerre.

Et il parla jusqu'à ce qu'il finisse par tomber évanoui. Dans le studio, chacun semblait sonné, personne ne pouvait dire ce qui s'était réellement passé. Prête à hurler de frustration et d'angoisse, Kelly souleva son téléphone. Elle le reposa presque aussitôt. Elle n'était plus la femme de Jake, elle n'avait plus le droit d'obtenir des informations.

Cependant, elle guetta l'écran, en état de choc, puis changea fébrilement de chaîne, à plusieurs reprises, attendant pendant plus d'une heure des précisions qui ne vinrent pas.

Alors, n'y pouvant plus tenir, elle téléphona au studio et demanda à parler à Dave Hadway, de la rédaction, qu'elle connaissait un peu. Mais il avait quitté la chaîne et ce fut Olivia Statton qu'elle eut au bout du fil.

— C'est Kelly, énonça-t-elle en s'efforçant de garder son calme. A-t-on des nouvelles de Jake ?

— On l'a emmené à l'hôpital local.

— C'est grave ?

— Désolée, mais nous ne livrons pas d'informations de ce genre au public.

— Comment ça, au public ? s'enflamma Kelly, perdant la tête. J'étais sa femme, et vous le savez pertinemment.

— Certes, mais vous avez choisi de demander le divorce, déclara Olivia d'un ton où perçait une satisfaction mauvaise. Navrée, mademoiselle Harmon, mais je ne peux parler de l'état de Jake qu'avec sa famille.

— Mais il n'en a pas ! s'exclama Kelly.

— Il a des amis qui se soucient de lui.

Là-dessus, Olivia raccrocha.

Kelly reposa le récepteur à son tour. Puis, dans un mouvement de rage qui ne lui ressemblait pas du tout, elle s'empara d'un vase proche et l'expédia à la volée contre le mur, le brisant en mille morceaux.

Elle resta plantée devant la télévision pendant plusieurs heures, attentive à capter la moindre nouvelle, tandis que l'on rediffusait sans cesse les images du coup de feu, de Jake qui tombait au sol, inexorablement, sous l'œil des caméras.

Elle finit par apprendre que Jake recevait des soins appropriés, mais que si son état était stabilisé, il se trouvait toujours dans une condition critique. Ce fut sur ces informations précaires qu'elle s'endormit d'épuisement.

Quand elle s'éveilla, la matinée était déjà très avancée, le chauffage s'était éteint, et elle se mit debout avec difficulté dans la pièce à présent glaciale. La tête lui tourna, l'obligeant à se rasseoir. Quand elle se sentit suffisamment remise de son malaise, elle ralluma le chauffage et alla se préparer du thé dans la cuisine. Mais elle ne parvint pas à manger, ensuite, les œufs au bacon qu'elle avait fait cuire. L'odeur la révulsait. En fait, tant qu'elle ne saurait pas que Jake était hors de danger, elle serait incapable de rien avaler, elle le sentait.

Se calant dans un fauteuil, elle s'en voulut de sa faiblesse. Qu'était donc devenue sa belle indifférence à l'égard de son ex ? Envolée !

Quelque chose d'autre la turlupinait : Olympia l'avait appelée « Mademoiselle Harmon ». Elle savait donc qu'elle avait repris sa liberté et, surtout, elle connaissait son nom de jeune fille. Et cela, une seule personne avait pu le lui apprendre…

Le lendemain, un hélicoptère emmena Jake hors du pays où il avait été blessé dans un grand hôpital italien, afin qu'il puisse subir une opération en vue d'extraire la balle. Puis il n'y eut plus d'autres bulletins.

Kelly tenta d'obtenir des nouvelles par des amis communs à Jake et elle, mais ils n'en savaient pas davantage. Elle ne put avoir d'autres informations qu'à la lecture d'un article dans un journal à scandale intitulé : « Jake Kindley, l'homme que je connais » et signé d'Olympia. Le papier mettait cette dernière en avant, insistant sur la profondeur de sa relation avec Jake, dont elle signalait le divorce récent. Il ne manquait qu'un faire-part de mariage, songea Kelly. Puisqu'ils étaient déjà amants…

Enfin, un ami journaliste lui signala que Jake lui avait téléphoné, lui demandant de lui apporter quelques livres dans l'hôpital londonien où il serait transféré à la fin de la semaine. Il était hors de danger, et on le renvoyait au pays pour achever sa convalescence.

L'hôpital n'était situé qu'à quelques kilomètres de chez Kelly et elle tenta de téléphoner à plusieurs reprises. Mais les appels étaient systématiquement détournés vers le service de presse de la chaîne de télévision qui employait Jake.

Frustrée de ne pas savoir s'il se remettait bien, se répétant à l'infini que de toute façon ce n'était plus son affaire, elle se mit pourtant en route pour l'hôpital, un après-midi, anticipant une fin de non-recevoir.

Contre toute attente, elle eut de la chance. La jeune réceptionniste, qui l'avait entrevue à la télévision le soir où l'on avait remis à Jake le prix du Meilleur Journaliste de l'année, la reconnut aussitôt, en dépit de sa nouvelle coupe de cheveux.

— Nous sommes divorcés, la prévint Kelly avec honnêteté.

— Je sais, je l'ai lu dans les journaux. Mais je n'aime pas l'autre, là, qui se prend pour la reine et donne des ordres à tout le monde, chuchota la jeune fille d'un ton de conspirateur. Troisième étage, chambre 303.

— Merci, murmura Kelly avec ferveur.

Et elle s'éclipsa sans demander son reste.

Parvenue au troisième, elle faillit rebrousser chemin. Olympia serait sûrement là, au chevet de Jake, et elle aurait l'air d'une intruse... Puis elle se ravisa, se disant que Jake pouvait bien la chasser s'il le désirait, mais qu'elle ne partirait pas sans l'avoir revu. Courageusement, elle poussa la porte de la chambre.

Il y avait une ribambelle de cartes postales au mur et des fleurs partout — en particulier un énorme bouquet de roses rouges qui volait la vedette à tous les autres. Pas difficile de deviner qui l'avait envoyé..., pensa Kelly.

Très vite, elle fut frappée par le calme étrange qui régnait dans la pièce. Il n'y avait ni livres ouverts sur le lit, ni radio ou télévision pour rompre le silence. Et le malade qui se trouvait là, regardant dans le vague, droit devant lui, semblait en proie à la lassitude la plus profonde. Non, ça ne pouvait être Jake, qui était la vie même. Jake, l'activiste impénitent !

Puis il tourna la tête, et elle sentit le souffle lui manquer. C'était bien Jake, et en même temps, ce n'était plus lui. Il avait la pâleur terreuse d'un homme qui a vu la mort de près. Ses joues étaient creusées, son regard sans vie, son expression celle d'un être qui a touché le fond du désespoir.

« Comment peut-on changer ainsi en si peu de temps ? » s'interrogea-t-elle. Seigneur, elle aurait donné n'importe quoi pour qu'il redevînt lui-même ! Elle guetta sur son visage un signe de reconnaissance, mais nulle lueur ne vint éclairer son regard. Enfin, il dit très bas :

— C'est toi ?

Elle s'élança, s'inclinant vers lui.

— Oui, Jake, c'est moi. Tu me reconnais ?

A ces mots, il eut un faible sourire.

— Pas de souci, murmura-t-il, ils m'ont atteint à l'estomac, pas à la tête. Je ne suis pas plus fou qu'avant. C'est bon de te voir, Kelly. J'étais sûr que tu viendrais.

Cette déclaration toute simple la bouleversa. Elle aurait dû accourir sans tarder, être là depuis longtemps. Attirant une chaise à elle, elle s'assit près du lit et prit la main de Jake entre les siennes, remuée de la sentir si maigre entre ses doigts.

— Je serais venue beaucoup plus tôt mais tu es devenu plus difficile à approcher qu'un porc-épic, ces temps-ci. Si j'ai pu parvenir jusqu'ici, c'est uniquement parce que la petite de la réception nous avait vus ensemble à la télé. Est-ce qu'Olympia va rappliquer avec une nuée de photographes pour nous confondre ?

Il eut un faible sourire.

— Tu as lu son papier ? Grotesque, non ? Enfin, je ne la blâme pas d'avoir voulu se faire un peu de pub. Elle est en pleine ascension, elle ne va pas tarder à être au top.

Jake admirait les gens qui savaient se hisser au sommet dans leur métier, se rappela Kelly. Ceux qui avaient une existence « à moteur turbo », comme il disait : glamour, excitante, accomplie. Pour sa part, Kelly se jugeait très en dessous de cette catégorie…

— Olympia ne viendra pas, précisa-t-il, elle est en stage de management.

Ainsi, pensa Kelly, Olympia ne se contentait pas d'être productrice de télévision. Elle visait plus haut encore : sans doute espérait-elle fonder et diriger un empire médiatique dont Jake serait le fer de lance…

— Tu dois avoir hâte de reprendre le boulot, lui dit-elle.

— Pourquoi penses-tu ça ?

— Tu n'as jamais été le convalescent idéal. Toujours prêt à quitter le lit plus tôt que prévu.

— On m'encourage à marcher un peu chaque jour. Pas facile. Ils m'ont filé un de ces machins à quatre pieds dont on se sert pour s'aider mais j'ai refusé. L'ennui, c'est qu'une fois debout, j'ai chancelé, et c'est une infirmière deux fois plus petite que moi qui m'a sauvé. Le Dr Ainsley, un chirurgien hors pair mais à peu près aussi aimable qu'un piranha, m'a fait la leçon et j'ai dû l'écouter.

— Aurais-tu enfin trouvé quelqu'un capable de t'inculquer un peu de bon sens ? fit tendrement Kelly.

— Bien obligé d'obéir. Mes jambes ne me portent pas.

— Tu te sens largué, alors ?

— Un peu. Olympia m'a passé quelques coups de fil pour me tenir au courant mais…

— Jake, tu n'as pas à te justifier auprès de moi, coupa-t-elle très vite. Ta vie privée t'appartient.

Il y eut un temps de silence, puis il retira sa main d'entre les siennes, comme s'il était atteint.

— Oui, bien sûr.

Une fois de plus, elle songea : « Est-ce bien lui ? Il n'était pas comme ça, avant… »

— Je vois qu'on pense à toi, observa-t-elle en désignant les nombreuses cartes postales affichées au mur.

— Les gens du studio m'envoient des blagues osées presque chaque jour. C'est embêtant, parce qu'elles sont souvent très drôles et que ça me fait mal, quand je ris. Les téléspectateurs aussi m'adressent des cartes. J'essaie de leur répondre mais…

Il haussa les épaules, puis dit soudain en rabattant les couvertures :

— Sortons d'ici. Je t'offre un thé à la cafétéria.

— Tu as le droit ?

— Bien sûr. Il faut que je fasse de l'exercice chaque jour. Je suis déjà sorti un peu, mais je suis revenu au lit presque tout de suite, j'étais fatigué.

Kelly sentit s'accroître son malaise. Jake avait toujours horreur de se faire dorloter ! Alors que là, il la laissa docilement lui passer sa robe de chambre, et lui demanda même si elle voulait bien lui mettre ses pantoufles, comme il lui était pénible de se baisser. Elle regarda autour d'elle, en quête du déambulateur dont il avait parlé, et ne vit qu'une chaise roulante.

— Tu veux monter là-dessus ? s'enquit-elle.

— Au diable cet engin ! Je peux marcher, soutint-il, laissant enfin s'exprimer un peu l'ancien Jake.

Il glissa son bras sous le sien et ils se mirent en route. Qu'il avait donc maigri ! pensa-t-elle avec un pincement au cœur. En fait, il était même devenu frêle, fragile.

Il lui parla gaiement du Dr Ainsley, qu'il décrivait comme un véritable dragon, mais elle vit bien qu'il n'était guère vaillant. Il avait la démarche plutôt chancelante et fut visiblement heureux d'atteindre enfin la cafétéria, où il se laissa tomber sur une chaise tandis qu'elle allait chercher leurs boissons.

Elle apprit à cette occasion qu'on l'avait d'abord nourri par sonde et qu'à présent, il était autorisé à prendre essentiellement des aliments liquides. Elle lui commanda un lait aromatisé, en songeant à la façon dont il lampait cavalièrement, autrefois, un bon verre de whisky. Quand elle revint, il flirtait avec la jolie serveuse, et cette vision lui remonta le moral.

Tandis qu'ils sirotaient chacun leur milk-shake, Jake observa :

— On dirait un couple d'ados.

— Les ados ne boivent plus de lait-fraise, de nos jours.

— Oui, mais nous le faisions autrefois, tu te souviens ? Tu n'avais que dix-sept ans, nous ne buvions rien d'alcoolisé.

En pouffant, elle lui rappela alors la fois où, lors d'une de ces rencontres, elle lui avait longuement parlé d'un examen qu'elle venait de subir.

— A un moment donné, quand je me suis tournée vers toi, tu bâillais quasiment d'ennui.

— J'écoutais à peine, c'est vrai, mais pas par ennui. Je me disais que tu étais drôlement jolie.

— Et moi, je te trouvais très mûr, très adulte. Jusqu'au moment où tu as fait un grand bruit en aspirant avec ta paille.

— Comme ça ? demanda Jake, joignant la mimique à la parole.

Il acheva à grand bruit le contenu de son verre et elle l'imita, lui arrachant un grand sourire. Puis il parut remarquer quelque chose, en direction du seuil et, se retournant, elle découvrit un homme de haute taille, d'environ quarante ans, qui scrutait la salle. Un instant plus tard, il les avait rejoints.

— J'espérais bien vous trouver ici, dit le nouveau venu à Jake. Vous n'étiez pas dans votre chambre.

— Kelly, je te présente le Dr Ainsley, énonça Jake.

En serrant la main du médecin, Kelly songeait à la description que Jake lui avait faite de ce dernier. Elle comprit aussitôt que son ex-mari avait exagéré : s'il possédait un menton obstiné, le chirurgien avait un visage agréable et un regard amical et chaleureux.

— Je sais tout à votre sujet, lui dit-il avec un large sourire. Anna, notre réceptionniste, s'est empressée de faire part à tout le monde de votre visite.

Kelly garda un silence prudent, tout en se demandant ce que la jeune hôtesse avait pu raconter à son sujet. Jake et elle se disputèrent l'honneur d'aller lui chercher un café, mais le Dr Ainsley, posant une main sur le bras de la jeune femme, déclara :

— Laissez-le s'en charger, l'exercice lui fera du bien.

Dès que Jake se fut éloigné, il ajouta précipitamment :

— Je voulais vous parler seul à seule.

— Comment va-t-il, en réalité ?

— Il se remet, mais pas aussi vite qu'il le devrait. Comme s'il n'arrivait pas à exiger de lui-même un tel effort.

— Il a toujours été si fort, pourtant ! Si sûr de lui, si macho…

— Ce sont souvent ces hommes-là qui flanchent le plus dans une situation pareille. Habitués à tout contrôler, ils ne supportent pas de ne plus avoir la maîtrise des choses, et d'eux-mêmes. Psychologiquement, il est en état de choc : il n'admet pas de ne pas pouvoir sortir de sa situation par un simple effort de volonté.

— Il m'a raconté qu'il avait voulu marcher tout seul trop tôt.

— Ça a été un tournant capital. Il pensait pouvoir recommencer très vite à vivre à cent à l'heure. En découvrant qu'il n'en était rien, il s'est effondré. Il va avoir besoin qu'on veille sur lui de près.

Kelly se crut obligée de souligner :

— Je ne suis plus sa femme, docteur.

Il changea de visage.

— Mais je croyais…

— Nous avons divorcé voici quelques semaines. Croyez-vous que j'aurais mis tant de temps à venir le voir, sinon ?

— Bien sûr que non. Désolé. Cela dit, vous êtes tout de même là.

— Quand on a l'habitude de se soucier de quelqu'un, on ne la perd pas du jour au lendemain.

— A ce que j'ai compris, il n'a aucune famille.

— Ni frères ni sœurs. Et ses parents sont morts.

— Il n'a que vous, alors.

— Et Olympia Statton.

— Oh, oui ! La grande blonde tout en fourrures ?

— Exactement, fit Kelly en réprimant un léger rire.

— Elle est venue une fois ou deux, en ayant grand soin de se faire suivre par des cameramen. On ne peut pas dire qu'elle soit au chevet de Jake. D'ailleurs, ce n'est pas d'une maîtresse qu'il a besoin. Mais plutôt d'une mère ou d'une sœur.

— Très bien. Je viendrai aussi souvent que possible.

Jake revenait, la tasse de café à la main. Le bref voyage semblait l'avoir fatigué. Il se frappa soudain le front en s'écriant :

— Zut, j'ai pris le sucre mais pas de cuiller !

— Assieds-toi, j'y vais, dit Kelly en se levant tandis qu'il reprenait place sur sa chaise. Et pas de discussion.

Il lui adressa un sourire où elle crut lire de la reconnaissance, et elle s'esquiva pour revenir bientôt. Au moment où elle approchait, cependant, elle eut soudain l'impression que tout tournoyait autour d'elle ; elle parvint in extremis à s'asseoir en s'agrippant au rebord de la table.

— Qu'est-ce qu'il y a ? s'enquit Jake avec inquiétude.

— Rien, je…

Elle ferma les paupières, car le décor vacillait devant elle.

— J'ai cru que tu allais t'évanouir, reprit Jake.

— Sûrement pas ! protesta-t-elle en se ressaisissant. Je suis un peu fatiguée, c'est tout.

— Si tu continues à travailler au restaurant tout en suivant des cours, c'est forcé. Elle a mauvaise mine, n'est-ce pas, docteur ?

— Pas vraiment, observa le médecin. Ce sont les néons. L'éclairage est mauvais, il donne un teint jaune à tout le monde.

Kelly pensa qu'il manquait singulièrement de perspicacité, car en réalité, elle ne se sentait pas bien du tout.

— Je reviens tout de suite, fit-elle précipitamment.

Elle s'esquiva aux toilettes en toute hâte mais, une fois là-bas, elle constata que ses nausées s'étaient déjà dissipées. Avec lassitude, elle se laissa tomber un instant sur une chaise. Quand elle quitta les lieux, les deux hommes l'attendaient au-dehors.

— Ça va ? s'inquiéta Jake.

— Elle va très bien, assura le Dr Ainsley. Regardez, elle a déjà repris des couleurs. C'est plutôt vous qui me donnez du souci. Allons, il faut que vous retourniez vous coucher.

Il fit signe qu'on amène une chaise roulante, puis retourna avec eux jusqu'à la chambre de Jake. Il accorda cinq minutes de visite supplémentaire à Kelly et s'éclipsa.

— Laisse tomber ce fichu boulot, dit Jake tout en se mettant précautionneusement au lit. Je connais ta position à ce sujet, mais nous ne sommes pas des ennemis, tout de même.

— Serais-je venue, si nous l'étions ?

— Alors, permets-moi de t'aider. Au moins de te faire un prêt…

— Nous reparlerons de ça demain, déclara Kelly.

Pour le moment, elle éprouvait le besoin de se retrouver seule et de réfléchir.

— Très bien, à demain, alors, concéda Jake.

Il lui saisit soudain les mains, les serrant entre les siennes, et lâcha :

— Tu viendras, n'est-ce pas ?

— C'est promis, assura-t-elle.

Puis, après une hésitation, elle l'embrassa sur la joue et partit.

Dehors, dans le couloir, le Dr Ainsley l'attendait.

— Nous devons parler, lui dit-il.

5.

— Vous vous trompez, déclara Kelly d'un ton de défi. Je ne suis pas enceinte.

Elle se trouvait face au Dr Ainsley, dans son cabinet de consultation. Il l'y avait entraînée d'autorité, lui logeant d'abord une tasse de thé chaud au creux de la main avant de lâcher la nouvelle.

— Je n'en suis pas sûr à cent pour cent, bien sûr, répondit-il. Mais nous autres médecins, nous développons une sorte de sixième sens. Mon instinct me dit que vous attendez un bébé.

— C'est impossible, voyons.

— Comment cela ? s'enquit-il le plus délicatement qu'il put. N'y a-t-il eu personne qui… Ce serait compréhensible, puisque vous avez repris votre liberté.

— Je l'ai fêtée, effectivement, admit-elle. Avec mon ex-mari ! Mais vous ne comprenez pas, docteur. J'ai fait une fausse couche voici des années. Et depuis, nous avons eu beau essayer, nous n'avons pas réussi à faire un enfant. J'ai peine à croire que j'aie pu tomber enceinte la seule fois où j'ai fait l'amour sans souhaiter un bébé…

— Mais c'est précisément pour ça que ça s'est produit ! C'est classique. Ecoutez, reprit le chirurgien en prenant quelque chose dans un placard, voici un test de grossesse, et il y a une salle de bains à côté. Nous reprendrons cette discussion dans quelques minutes, si vous voulez bien.

Un instant plus tard, Kelly dut s'avouer que son propre instinct, qui lui soufflait à elle aussi que le médecin voyait juste, n'avait pas menti.

— J'aurais dû vous croire sur parole, admit-elle en montrant le test au médecin. Oh, mon Dieu, ce n'est pas possible ! Nous avons divorcé, Jake et moi. C'est fini entre nous.

— Vous pensez que cette nouvelle ne lui fera pas plaisir ?

— Il ne faut pas qu'il sache. Il a changé de vie. Et moi aussi.

— Vraiment ? s'enquit le Dr Ainsley en haussant les sourcils.

— Oui. Même si je ne faisais pas encore une fausse couche… Oh, je vous en prie, promettez-moi de ne rien lui dire !

— Bien évidemment. Mais n'oubliez pas qu'il vient d'assister à une petite scène qui pourrait lui mettre la puce à l'oreille.

— Je ne crois pas. Jake a un œil de lynx pour tout ce qui touche à son travail. Mais en ce qui concerne les gens, il est loin d'être aussi perspicace…

Ce soir-là, chez elle, Kelly s'efforça en vain de se concentrer sur son manuel d'archéologie. Comment aurait-elle pu se soucier d'architecture ancienne alors que sa propre existence était chamboulée de fond en comble ?

Enceinte, elle était enceinte ! Elle allait avoir un enfant alors qu'elle ne l'espérait plus. Et un enfant de Jake, de surcroît, alors qu'ils étaient à présent séparés. Oh, cruelle ironie du destin !

Soudain, elle se remémora ses dix-huit ans, et le jour où elle avait déclaré à sa mère — avec le même aplomb que lorsqu'elle s'était adressée au Dr Ainsley — qu'elle « ne pouvait pas être enceinte ».

— Bien sûr que si ! s'était écriée Mildred, exaspérée. Je l'ai bien été à seize ans, moi ! J'imagine que l'enfant est de Jake ?

— Evidemment. Je l'aime.

Jake, lui, avait réagi tout différemment. A sa grande surprise, il s'était montré ravi, heureux à l'idée d'être père. Et, avant même de savoir comment, elle s'était retrouvée dans la peau d'une jeune mariée.

Mildred, laconique et pragmatique, s'était contentée de regretter que, malgré ses notes brillantes, Kelly eût été obligée de renoncer à ses études.

— Tu es insensée, ma fille. Enfin… J'avais mis un peu d'argent de côté pour t'aider à payer ton université, mais tu vas en avoir besoin tout de suite.

Elle lui avait remis un chèque généreux, auquel Kelly n'avait pas accordé plus d'importance que nécessaire : sa mère se contentait de soulager ainsi sa mauvaise conscience. D'ailleurs, une semaine après le mariage, Mildred était partie avec un conducteur de poids lourds, disparaissant de sa vie.

A l'époque, trop heureuse avec Jake, Kelly ne s'en soucia guère. Ils s'installèrent dans un petit deux pièces de location et, tandis qu'il rédigeait des piges, elle lutta contre les nausées et les sautes d'humeur de la grossesse. D'ailleurs, Jake savait toujours la tirer de ses idées noires et elle flottait en plein bonheur. Elle était follement amoureuse et reconnaissante à Jake de l'avoir épousée, même si elle soupçonnait que c'était essentiellement à cause de l'enfant.

Il lui parla de son enfance solitaire, sans frères et sœurs.

— On déménageait souvent à cause du travail de papa, et je ne pouvais jamais me faire d'amis. J'espérais tout le temps que mes parents auraient d'autres enfants pour ne plus être seul, mais ça n'arrivait pas. Et puis, quand j'ai eu quatorze ans, ils sont morts.

— Alors, tu es content d'avoir bientôt un compagnon de jeux, c'est ça ? le taquina-t-elle.

— Et comment ! répliqua-t-il en souriant.

Aujourd'hui, elle était de nouveau enceinte de Jake, sans plus l'avoir planifié et voulu que la première fois. Au tout début de sa « nouvelle vie », elle se retrouvait propulsée dans l'ancienne !

Mais elle refusait de récrire l'histoire de la même façon.

— Cette fois, pas question que Jake m'épouse pour se comporter en gentleman ! murmura-t-elle. Je peux me débrouiller seule. Je veillerai sur moi et sur mon enfant sans son aide.

« Mon enfant… » Cela avait quelque chose de mélancolique. Elle aurait dû pouvoir dire « le nôtre… » Tant de choses lui manqueraient ! Elle aurait tant aimé annoncer à Jake sa paternité, par exemple, et voir ses yeux briller de joie…

Il fallait oublier tout cela, car Jake ne voulait pas réellement d'elle. Il avait désiré la « nouvelle Kelly », la créature ensorcelante de la soirée, mais celle-ci n'était qu'une sorte de mirage. Et d'ailleurs, elle n'allait pas tarder à perdre sa silhouette de rêve…

Et si elle faisait une autre fausse couche ? Cela aussi, elle devrait l'affronter toute seule. Et c'était mieux ainsi.

— Je ne suis même pas obligée de lui dire que j'attends un enfant, continua-t-elle à murmurer pour elle-même. Je lui dirai que je suis accaparée par mon travail et ne retournerai pas le voir. Il fera sa vie avec Olympia et moi, je…

Un sourire à la fois tendre et triomphant naquit soudain sur son visage, alors qu'elle prenait enfin vraiment conscience de ce qui l'attendait : elle allait avoir l'enfant de Jake, celui qu'elle avait espéré pendant tant d'années ! Ça oui, c'était un beau début pour une nouvelle vie !

Le lendemain, elle trouva Jake assis sur une chaise auprès de la fenêtre. Il semblait en meilleure forme mais tendu, ce qui rendit la conversation difficile.

— Le médecin pense que tu vas mieux ? s'enquit-elle.

— Je fais des progrès.

— Bien.

— Et toi ?

— J'ai obtenu une bonne note à mon dernier partiel.

— Et le boulot ?

— Ça va, pas de problème.

— Oui, mais jusqu'à quand ? demanda-t-il avec lenteur.

Elle crut que le temps venait de s'arrêter.

— Ce… c'est-à-dire ? balbutia-t-elle.

— Tu es enceinte, n'est-ce pas ?

— Comment ? Oh, Jake, voyons, tout ça pour un petit malaise…

— A 15 heures pile.

— Je ne comprends pas.

— C'est à cette heure-là que ça s'est produit la dernière fois. Pile à 15 heures.

Elle le dévisagea d'un air interdit.

— Tu n'as pas pu retenir ça.

— On devait prendre le car à 15 h 10, on se dépêchait, et quand on est arrivés à la gare routière, j'ai dit : « Il n'est que 15 heures. » Là, je me suis retourné, et tu étais verte.

— Eh bien… ce n'est qu'une coïncidence.

— Tu es enceinte.

Bon sang, si elle s'était attendue à ça !

— Et après ? fit-elle d'un ton de défi.

— Je me suis dit que tu voudrais peut-être m'en faire part, énonça Jake en regardant au-delà de la fenêtre.

— Pourquoi ?

Il soupira avant de répondre à voix basse :

— Oh, pour rien.

— Jake, plaida-t-elle désespérément, tenons-nous-en à ce que nous avions décidé : restons amis, mais sans attaches.

— Très bien. Alors, à titre d'ami, dis-moi ce qui va se passer maintenant. Comptes-tu épouser le père ?

— Cela ne te regarde pas.

— Dis-le, insista-t-il.

60

— Non.

— Tu vas vivre avec lui, alors ?

— Non plus.

— C'est ta décision ou la sienne ?

— La mienne.

— Qui est-ce ?

— Jake, je t'avertis que…

— Est-ce que tu sais qui c'est, au moins ?

— Hein ? Pardon ?

— Eh bien, soyons francs, tu semblais n'avoir que l'embarras du choix la dernière fois que je t'ai vue… Kelly !

Il parlait dans le vide, elle avait quitté la pièce en trombe.

Kelly reprit le chemin de son appartement en courant presque, sous l'emprise de la colère. Elle finit par s'arrêter dans un parc, et s'installa sur un banc devant une petite mare à canards. Dire qu'elle s'était crue maîtresse de la situation ! Et au premier écueil, elle avait fait naufrage.

Elle avait accompli quelques progrès, tout de même, puisqu'elle n'était pas en larmes en cet instant, alors qu'autrefois elle aurait pleuré sans discontinuer. Là, elle avait plutôt envie d'étrangler Jake ! Comment osait-il la prendre pour une Marie-couche-toi-là ? Même si elle avait tout fait pour lui donner cette impression…

Elle vit passer une mère cane, suivie de six canetons empressés, et ce spectacle l'attendrit, lui arrachant un sourire. Elle se calma rapidement et, ayant réussi à ordonner un peu ses idées, elle songea que c'était peut-être une chance que Jake la crût enceinte de quelqu'un d'autre… Elle aimait mieux cela que de lui laisser deviner qu'il était le seul homme de sa vie. C'était, de toute façon, plus simple pour elle, pensa-t-elle en reprenant courage.

Quand elle rejoignit son appartement, la sonnerie du téléphone retentissait dans le séjour.

— Désolé, s'excusa Jake dès qu'elle décrocha. Je ne voulais pas dire ça. C'est juste que… Enfin, peux-tu revenir ici ?

— Non, mais je viendrai demain.

— C'est promis ? insista-t-il d'une voix anxieuse.

— Juré.

Le lendemain, lorsqu'elle arriva, il était occupé à rédiger des lettres. Mais il repoussa le tout pour l'accueillir avec chaleur. Il avait meilleure mine, sa voix était plus forte.

— Comment te sens-tu ? s'enquit-il.

— Très bien.

— Tu as vu un médecin ?

— Non.

— Mais pourquoi, bon sang ? fit-il en la scrutant d'un air soupçonneux. Tu n'as pas encore pris de décision ?

Comprenant aussitôt, elle répondit :

— Si. Je vais garder cet enfant. Je le veux.

Il parut se détendre légèrement.

— Alors, tu dois prendre soin de toi comme il convient. Il va falloir que tu acceptes l'argent que je t'offre, finalement.

Aussitôt tendue, elle répliqua :

— Je ne suis obligée à rien, Jake.

— C'est une question de simple bon sens. Tu ne peux pas travailler et poursuivre des études en même temps si tu es enceinte. Tu ne dois pas prendre de risques.

— Soit. Je ferai attention.

— Mais sans mon aide, c'est ça ? Eh bien, me voilà fixé.

— J'ignore ce que tu veux dire par là…

— Oh, si, tu le sais très bien.

— Jake, soyons bien clairs : rien n'a changé entre nous. C'est moi qui vais avoir un enfant, pas toi.

Il lui sembla le voir pâlir, mais elle n'en aurait pas juré. Il s'exprima avec calme, en tout cas :

— Tu as déjà souligné ce fait. Cependant, je t'ai pourtant dit que j'avais une dette à ton égard et que j'aimerais te venir en aide.

Au lieu de répondre, elle croisa les bras d'un air boudeur. Jake se rembrunit.

— Que se passera-t-il, hein, une fois que l'enfant sera né ? Y as-tu pensé, espèce d'insensée ? Tu n'as pas de quoi vivre. Tu dois me permettre de subvenir à tes besoins.

— Cesse de me donner des ordres, à la fin. Ce n'est plus de mise !

— Je ne t'ai jamais donné d'ordres.

— Ben voyons !

— Jamais ! cria-t-il.

— Evidemment. A quoi bon, puisque je faisais tout ce que tu voulais sans même que tu le demandes ?

Il la dévisagea, interdit.

— A t'entendre, j'étais un tyran.

— Non, soupira-t-elle. Tu ne tenais tout simplement jamais compte de ma volonté et de mes désirs. Et en ça, je suis au moins aussi fautive que toi, parce que je n'ai jamais cherché à remettre en cause cet état de fait, et à te faire réfléchir. Je te cédais toujours trop facilement.

— Tu recommences déjà, observa-t-il.

— Comment ça ?

— Tu t'empresses d'endosser la culpabilité. Tu ne devrais pas.

— Exact.

— Tu devrais te rebeller, ne pas me permettre de m'imposer.

— Certes, et je ne le ferai plus.

— Sauf en ce qui concerne l'argent, parce que j'ai raison.

Kelly poussa un grand soupir.

— C'est à moi qu'il appartient de décider, souligna-t-elle.

— Alors, que comptes-tu faire pour vivre ? A moins que tu n'aies décidé quelque idiotie ? Renoncer à tes études, par exemple !

— Je ne sais pas ce que je ferai ! s'exclama-t-elle, exaspérée. Je trouverai un moyen de gagner plus d'argent.

— Lequel ?

— Je ne sais pas. Je prendrai un locataire ! Je trouverai bien quelque chose. Mais sois sûr que je ne te demanderai pas la permission !

— Kelly… Kelly ! Où vas-tu ? Reviens !

Le Dr Ainsley rejoignit Kelly à la cafétéria quelques minutes plus tard.

— Bravo ! fit-il. C'était le meilleur spectacle auquel nous ayons eu droit depuis longtemps.

— Je suppose que tout le monde a entendu, soupira-t-elle.

— Eh bien, vous ne parliez pas précisément à voix basse. Joli numéro ! Et vous avez fait le plus grand bien à mon patient. Je ne l'avais jamais vu aussi en forme depuis son arrivée ici.

— On se disputait au sujet de ma grossesse. Vous ne lui avez tout de même pas dit qu…

— Hé, je plaide non coupable ! J'étais sûr qu'il avait tout deviné à l'instant où il vous a vue pâlir, l'autre jour. Tiens, tiens… Regardez qui est là ! enchaîna le Dr Ainsley en élevant la voix. Félicitations, Jake. Après vous être si bien époumoné, vous êtes à peine essoufflé !

— C'est grâce au régime de beignets graisseux qu'on me fait suivre, ironisa Jake. Kelly, après ton départ, j'ai réalisé que tu avais eu un trait de génie.

— Ah oui ? Lequel ?

— Tu as parlé de prendre un colocataire.

— Et ?

64

— Le voilà en chair et en os devant toi. Il me faut un port d'attache quand je sortirai d'ici, et mon loyer te permettra de lâcher ce sale boulot et de… Ne secoue pas la tête comme ça. Ce que je dis est frappé au coin du bon sens.

— Bien au contraire ! Se retrouver sous le même toit alors que nous venons de nous débarrasser mutuellement l'un de l'autre… Sois réaliste, c'est absurde !

— Il me semble, intervint le Dr Ainsley, que vous négligez quelque chose.

— Quoi ? demandèrent-ils en chœur en se tournant vers lui.

— Henri VIII.

— Ne l'écoute pas, dit Jake à Kelly. C'est l'effet de tous ces anesthésiques qu'il respire.

— Henri VIII et Anne de Clèves, poursuivit le Dr Ainsley sans se troubler. C'était sa quatrième femme. Ils se sont séparés à l'amiable et sont demeurés les meilleurs amis du monde. Vous me les rappelez. Vous avez passé huit ans ensemble, vous vous comprenez, vous vous connaissez bien. Je ne vous parle pas d'amour, là. Mais que vous le vouliez ou non, il y a entre vous un lien, une connivence… Qu'y a-t-il de si drôle ? s'interrompit-il en voyant Kelly éclater de rire.

— Excusez-moi, pouffa-t-elle. C'est juste que j'imaginais Jake en Henri VIII. Vous savez, les petites culottes bouffantes… Cela dit, pour ce qui est de la mentalité autoritaire, il fait l'affaire.

— Je serai un locataire irréprochable, jura Jake.

— Je n'en doute pas, mais pas chez moi. Ecoutez, vous deux, vous êtes bien gentils, mais je refuse.

— Kelly ! protestèrent-ils de concert.

— Vous déraisonnez. Alors, si vous permettez, je m'en vais avant que la contagion ne me gagne !

*
* *

65

Ce soir-là, alors qu'elle s'efforçait de travailler à un exposé, et que les lignes dansaient devant ses yeux sous l'effet de la fatigue, elle sut qu'il lui fallait quitter son travail, et qu'elle avait eu raison de songer à prendre un locataire. Mais ce ne serait pas Jake. Ça, jamais.

Elle ne retourna pas le voir à l'hôpital avant plusieurs jours. Lorsque enfin elle se décida, le Dr Ainsley l'intercepta avant qu'elle eût gagné la chambre de Jake et la prit à part.

Il tenait à lui apprendre que, deux jours plus tôt, Jake avait quitté l'hôpital en signant une décharge, sans qu'il ait pu l'en empêcher.

— Ce n'est pas une prison, ici, souligna-t-il. Je n'ai pu lui faire entendre raison.

— Mais pourquoi ne m'avez-vous pas avertie ?

— Je ne savais comment vous joindre. Et vous n'êtes pas une proche parente. Cette nuit, sa voisine, l'entendant gémir, a appelé une ambulance. Rien de grave, heureusement. Seulement, je redoute qu'il veuille de nouveau s'en aller d'ici.

— Il a besoin de soins, pourtant, non ?

— Oui, mais rien qui nécessite une hospitalisation. Il suffirait qu'il se nourrisse convenablement et qu'il se repose. Une infirmière passerait le voir chaque jour. En fait, je l'aurais déjà renvoyé chez lui s'il ne vivait pas dans un tel isolement. Mais il n'a aucune famille, à ce que vous m'avez dit. C'est drôle, aussi célèbre soit-il, il est étrangement seul.

Jake était au lit. Visiblement, sa tentative « d'évasion » l'avait épuisé. Kelly se contenta d'abord d'aller s'asseoir auprès de lui, et de lui tenir la main. Au bout d'un moment, il dit :

— J'ai été stupide.

— Rien de nouveau là-dedans, répondit-elle d'une voix qu'elle voulait légère.

Elle avait le cœur serré, en le voyant si pâle et si abattu.

— Qu'est-ce qui t'a pris, bon sang ?

— Je n'en pouvais plus d'être ici, fit-il en haussant les épaules. Tu me vois faire mon nid dans un endroit pareil ? Je sais que tu ne veux plus entendre parler de moi, et tu as raison. Je me suis laissé prendre aux beaux discours du chirurgien à propos de notre complicité et du reste, mais tu as bien fait de refuser ma suggestion. Si tu n'es pas d'accord, ça ne marchera pas.

Se sentant sur le point de céder, elle fit une tentative désespérée :

— C'est Olympia qui devrait veiller sur toi, Jake.

— Elle travaille vingt-quatre heures sur vingt-quatre. Et puis, pour le moment, je n'ai pas assez d'énergie pour avoir affaire à elle.

— Tout de même, elle ne s'attend sûrement pas à ce que tu… enfin, tu es en convalescence…

— Ce n'est pas de ça que je voulais parler, si bizarre que ça puisse te paraître. Mais franchement, rien que de penser à elle, ça me fatigue.

— Toi, Jake Lindley, le tombeur de ces dames ?

— Eh oui, fit-il sans se laisser dérider par sa plaisanterie.

— Oh, Jake, que vais-je bien pouvoir faire ? soupira-t-elle.

— Ce que tu voudras. A toi de voir.

— Ne recommence pas ! s'indigna-t-elle. Tu t'y es toujours pris de cette manière pour parvenir à tes fins !

— Rien de nouveau, alors, répondit-il, faisant écho à ses propres paroles.

— Mais c'est bien fini, tout ça. De plus, tu sais bien que ma chambre d'amis n'est pas terminée.

— J'y ai pensé, dit-il en lui fourrant dans la main un bout de papier qu'il tira de sa table de nuit. Ça devrait te permettre de payer les meubles et les ouvriers.

— Mais c'est un chèque beaucoup trop gros ! protesta-t-elle, effarée.

— Eh bien, considère qu'il comporte aussi le premier mois de loyer, si tu y tiens. Kelly, je t'en prie, dit Jake avec une brusque grimace, comme s'il avait mal, permets-moi de faire quelque chose pour toi. S'il te plaît.

Il avait achevé sa phrase d'une voix rauque qui la prit de court. D'ordinaire, quand il cherchait à obtenir ce qu'il voulait, il jouait son numéro de tombeur. Elle eut beau se dire qu'il essayait de la rouler dans la farine, elle remarqua dans son regard une sorte d'angoisse qu'elle n'avait jamais vue auparavant et pensa aux propos du Dr Ainsley : « Pour quelqu'un d'aussi célèbre, il est étrangement seul. »

— Très bien, énonça-t-elle lentement. J'accepte que tu sois mon locataire jusqu'à ce que tu sois remis.

— Je ne serai pas ton locataire, je serai ton frérot. Bon, soyons pragmatiques. Tu as donné ta démission au restaurant ?

— Non, pas enc…

— Fais-le, alors, dit-il en soulevant le téléphone.

Et, un instant plus tard, elle était délivrée de ses obligations au restaurant sans même avoir mécontenté le patron : la nièce de celui-ci avait besoin d'un travail. Tout s'emboîtait comme sous l'effet du destin. Sauf que le destin, en l'occurrence, avait les traits de Jake !

6.

Jake ne fut pas autorisé à quitter sa chambre avant une bonne semaine, le temps de se remettre des conséquences de son « incartade ». Entre-temps, Kelly avait fait préparer la chambre d'amis, ce qui avait pas mal écorné le chèque mais lui laissait amplement de quoi se débrouiller financièrement. Quand elle voulut remercier Jake, à l'hôpital, il changea de sujet.

Cherchant alors à se montrer pratique, elle lui proposa d'aller prendre ses affaires chez lui — secrètement désireuse de voir son nouvel appartement, puisqu'ils avaient tous deux déserté leur maison commune au moment du divorce. Mais il lui assura qu'il avait déjà pris des dispositions pour cela et, songeant qu'il avait naturellement confié cette tâche à Olympia, Kelly se sentit bête. Trouvant un prétexte pour le laisser seul, elle le quitta.

La veille du jour où il devait emménager chez elle, tandis qu'elle achevait la lecture d'un ouvrage d'archéologie qu'elle n'aurait pas le temps de terminer le lendemain, on sonna à sa porte. Ce fut Olympia qu'elle découvrit sur le seuil. Elle était superbe, comme toujours, et embrassa Kelly avec un grand sourire.

— Kelly, ma chère, vous ne m'en voulez pas d'être passée, n'est-ce pas ?

— Pas du tout, mentit Kelly.

— J'ai été si contente d'apprendre que vous donniez un coup de main à Jake. C'est merveilleux de voir que ses anciens amis ne l'oublient pas. Je peux vous considérer comme une vieille amie de Jake, je suppose ?

— Pas aussi vieille que d'autres, répliqua Kelly avec un soupçon de malice, car Olympia avait cinq ans de plus qu'elle.

Elle brûlait d'envie de la flanquer dehors, mais Olympia était déjà à l'intérieur, faisant connaissance avec les lieux comme s'ils lui appartenaient, et inspectant la chambre qui serait celle de Jake.

— Charmant, dit-elle d'un ton neutre, bien que je sois un peu surprise de… enfin, aucune importance.

— Vous êtes surprise que Jake ait voulu s'installer chez moi ?

— Si vous tenez à le formuler de cette manière. Jake n'aurait sans doute pas choisi cette solution, s'il avait pu faire autrement, mais n'épiloguons pas là-dessus. Nous savons, vous et moi, qu'il répugne à blesser les gens.

— Quand il en tient compte, observa Kelly avec une ironie bienveillante. Jake a bon cœur et il tient à bien faire. Mais il lui arrive souvent de piétiner les sentiments des autres, en fait, et il s'en excuse sans même savoir de quoi il retourne. Vous finirez par le découvrir.

— Oh, il est peut-être comme ça avec certaines personnes, mais pour ma part… Enfin, vous n'avez sûrement pas envie d'entendre parler de ça.

— Non, répliqua Kelly, car je ne vous croirais pas. Il faut prendre Jake comme il est, il restera toujours le même.

— Un homme peut changer… quand il est amoureux.

— Oh, je vous en prie ! s'exclama Kelly, agacée. Inutile de jouer la comédie, vous n'êtes pas devant les caméras.

Si elle s'exprimait avec autant de vivacité, c'était en fait pour tenter de juguler la peine lancinante que lui causaient les propos de cette femme trop séduisante.

70

— Très bien, déclara Olympia avec hauteur, disons les choses carrément. Il ne sert à rien de se raccrocher au passé. Désolée, ma chère, mais c'est la vérité, si douloureuse qu'elle soit.

— Vous semblez oublier que c'est moi qui ai demandé le divorce !

— Et pour cause. C'était la seule attitude digne, puisqu'il était évident qu'il en aimait une autre.

— Ce que vous avez pourtant nié.

— Evidemment. Je ne tenais pas à faire l'objet de racontars, et Jake non plus. Cependant, quoi qu'il ait inventé pour me protéger, la vérité demeure ce qu'elle est. Laissez-le tranquille, Kelly. Si votre mariage a capoté, c'est parce qu'il voulait sa liberté.

Kelly eut un léger hoquet étranglé. Dans l'amertume et l'émotion que provoquait cet échange, elle n'avait qu'une pensée claire : Dieu merci, elle n'avait pas dit à Jake que l'enfant qu'elle attendait était de lui !

— Vous m'autoriserez certainement à venir le voir ? continua insidieusement Olympia. Ou avez-vous l'intention de vous barricader ici et de mettre des chiens de garde devant le seuil ?

Refusant de se laisser entraîner sur le terrain de la provocation, Kelly déclara :

— Il n'y a qu'un seul chien dans cet immeuble : le caniche de mon voisin, qui est très vieux et passe ton temps à dormir. Venez aussi souvent et aussi longtemps que vous voudrez. Tâchez seulement de ne pas me déranger dans mon travail.

— Oh, c'est vrai, vous êtes retournée en classe.

— A l'université, rectifia Kelly. Je prépare un diplôme.

— Jake m'a dit ça. C'est fou ce qu'on peut suivre comme cours, de nos jours, n'est-ce pas ? Il y en a même sur les feuilletons télé, paraît-il.

— Je l'ignore. J'étudie l'archéologie et j'étais justement en train de lire un ouvrage très intéressant sur les pratiques funéraires antiques. Il y est notamment question d'un roi qui endormait ses concubines en surnombre en droguant leur vin. Quand elles sortaient de leur léthargie, elles se retrouvaient dans un sarcophage, entourées de bandelettes. On les entendait crier des jours durant dans leur tombe, paraît-il. C'est ingénieux, non, comme façon de se débarrasser des gens ? Puis-je vous offrir un verre de vin ?

Olympia déclina l'offre et s'esquiva.

Carl permit à Kelly de ne pas assister à son dernier cours du lendemain, afin qu'elle puisse accueillir Jake.

— Je te passerai mes notes et nous en discuterons d'ici un jour ou deux en déjeunant ensemble, lui dit-il avec décontraction.

Mais il ajouta d'un air plus soucieux :

— Es-tu bien sûre de pouvoir t'occuper d'un malade, dans ton état ?

— Tout le monde est au courant, ou quoi ? demanda-t-elle avec effarement.

— Je ne crois pas. Mais en ce qui me concerne, j'ai l'œil pour ce genre de chose. J'ai vu naître mes sœurs, et les enfants de mes sœurs, et je leur ai souvent servi de baby-sitter. J'adore les enfants et je me débrouille comme un chef avec eux. Alors, déclara-t-il solennellement, si tu as besoin d'oncle Carl, n'hésite pas. Non, sérieusement, acheva-t-il de sa voix coutumière, si tu dois t'absenter de temps à autre, je comprendrai.

— Merci, mais j'espère ne pas avoir à le faire. Je ne veux pas que ma grossesse change quoi que ce soit à ma vie de tous les jours. Hé, pourquoi est-ce que tu ris comme ça ?

— Ne pas changer quoi que ce soit ? Eh bien, tu en as des choses à apprendre s'esclaffa-t-il. Allez, sauve-toi d'ici !

Le jour de la sortie d'hôpital de Jake, Kelly reçut un coup de fil du Dr Ainsley.

— L'ambulance ne va pas tarder à arriver, lui annonça-t-il.

— Je suis ennuyée : l'ascenseur ne marche pas et j'habite au troisième.

— Soyez tranquille, les infirmiers le monteront en chaise roulante. Je vous appelais simplement pour vous mettre en garde : je ne serais pas surpris qu'il fasse bientôt une dépression. Jusqu'ici, il était en état de choc et il ne supportait pas l'hôpital. Donc, en se retrouvant dans un environnement normal, il va se sentir mieux et, comme lui d'ailleurs, vous serez convaincue que tout va bien. C'est là qu'est le danger. Si je ne me trompe pas sur son tempérament, ça frappera sans crier gare et il aura besoin de vous plus que jamais.

— Il n'a jamais eu besoin de moi, ni de quiconque. De plus, vous vous trompez sur Jake : il a un sacré tempérament. C'est quelqu'un de très fort.

— Ce sont ces gens-là qui craquent le plus spectaculairement, l'avertit le Dr Ainsley en raccrochant.

Kelly avala une tasse de thé en s'efforçant de clarifier ses idées. Dans quelques instants, elle ferait appartement commun avec Jake, tandis qu'elle portait son enfant. En apparence, ce serait comme si leur divorce n'avait jamais été prononcé. C'était justement cette sensation qu'elle devait combattre, en se remémorant sa véritable situation : elle était divorcée, le bébé n'était pas près de naître, et elle n'était plus amoureuse de Jake. Si son cœur battait un peu fort à l'approche de son arrivée, c'était parce qu'elle appréhendait ce qui l'attendait, voilà tout.

En jetant un coup d'œil par la fenêtre, elle vit que l'ambulance venait de se garer en bas et, ayant couru s'assurer que tout était en ordre dans la chambre, elle guetta ensuite le tintement de la sonnette d'entrée.

Il ne vint pas. Pourtant, l'ambulance était toujours le long du trottoir. Intriguée, elle ouvrit sa porte, à temps pour voir Jake achever de grimper lentement l'escalier sur ses deux jambes. Un infirmier et une infirmière suivaient, s'efforçant de lui venir en aide malgré ses constantes rebuffades.

— Je peux me débrouiller ! Ne me touchez pas !

En voyant sa pâleur mortelle, et la sueur qui dégoulinait de son front, Kelly oublia les quelques mots qu'elle avait préparés pour l'accueillir et hurla :

— Tu as perdu la tête, ma parole ! Mais tu es dingue !

— Je l'ai toujours été, tu devrais le savoir ! lui répliqua-t-il.

— Oh, bon sang ! Où est ta chaise roulante ?

— Ici, intervint l'infirmière en montrant l'objet. Il n'y a pas eu moyen de le faire monter dessus.

— Eh bien, il va obéir illico, déclara fermement Kelly.

— Sûrement pas, rétorqua Jake en atteignant la dernière marche. Tu vois ? Je m'en sors très bien.

Il y eut encore un ou deux échanges obstinés, puis, enfin, elle se retrouva seule dans le salon avec Jake, qui avait réussi à s'installer sur le canapé et la regardait de cet air d'attente penaud qu'elle ne lui connaissait que trop bien. Il réagissait toujours ainsi quand il avait commis quelque folie et comptait sur son charme pour se faire pardonner. Eh bien, ça ne se passerait pas comme ça !

— Il a fallu que tu fasses ton petit numéro, hein ? lui dit-elle sans indulgence.

— Je voulais seulement leur montrer que je pouvais monter l'escalier.

— Ce qui est faux, de toute évidence. Mais c'est plus fort que toi, il faut toujours que tu agisses en dépit du bon sens ! s'écria-t-elle, sur sa lancée.

— Ecoute, je sais que je n'aurais pas dû, mais…

— Il n'y a pas de mais ! J'en ai assez à la fin ! Monsieur refuse d'admettre qu'il est comme tout le monde ! Ah, on peut s'extasier sur ta réussite. En réalité, tu n'as pas plus de cervelle qu'un moineau. Tu mériterais d'être mort !

A peine eut-elle prononcé ces mots qu'elle s'interrompit, horrifiée de les avoir proférés.

— J'ai failli l'être, fit valoir Jake.

— Oh, Jake, je ne voulais pas dire ça. C'est juste que... que...

— Ce n'est pas grave, tu n'as pas réfléchi. Bienvenue au club des étourdis, dit-il avec un sourire.

— Mon Dieu, c'était effroyable, non ?

— Si effroyable que ça en devient drôle. Si je pouvais, je me tordrais de rire. Allons, oublie ça.

— Merci, dit-elle, sincèrement reconnaissante de le voir si compréhensif. Bon, maintenant, tu vas aller te mettre au lit et m'autoriser à te dorloter un peu. Ou bien es-tu trop macho pour admettre que tu as besoin de repos ?

— Pas du tout.

Elle prit son bagage et l'emporta dans la chambre, tandis que Jake lui emboîtait le pas. Il s'assit sur le bord du lit et prit sa main dans la sienne.

— Désolé, Kelly, déclara-t-il d'un air sérieux. Si tu crains que je te pose trop de problèmes, je veux bien retourner à l'hôpital.

— Pff ! Tu as entendu ce qu'a dit l'infirmière ? Ils ne veulent plus de toi, là-bas ! Tu peux rester, mais à condition d'être sage.

— Oui, maîtresse, dit Jake en relâchant sa main.

— Je vais défaire ton bagage.

— Non, merci, ça, je peux m'en occuper tout seul. Je ne veux pas te causer plus de soucis que nécessaire.

— Très bien.

Elle quitta la pièce en vitesse, pour lui cacher qu'elle avait envie de pleurer.

Durant quelque temps, elle ne vit guère Jake. Il dormait pendant de longues heures et, souvent, il s'éveillait tout juste à l'instant où elle-même partait en cours. Au début, elle lui préparait du thé. Mais il insista pour s'en charger lui-même.

Elle assista à la première visite de l'infirmière de jour, une femme d'âge mûr au caractère agréable, prénommée Emily, qui aidait Jake à se préparer et à se mettre à l'aise, s'assurait qu'il prenait ses médicaments et lui tenait compagnie le temps d'un café.

— Pourquoi dort-il autant ? lui demanda Kelly. Il semblait plus alerte, à l'hôpital. C'est à cause de l'effort de l'autre jour ?

— En partie, oui. Il récupère. Et puis il devait être passablement à cran. Il parvient mieux à se détendre, maintenant.

Kelly lui donna une clé de l'appartement pour qu'elle puisse entrer si Jake était endormi à poings fermés à son arrivée, ce qui était souvent le cas. Peu à peu, il reprit plus de vitalité. Le soir, ils dînaient ensemble, mais il retournait aussitôt après dans sa chambre, et elle avait le sentiment qu'il maintenait à dessein une certaine distance entre eux.

Elle ne tarda pas à s'apercevoir que, sans l'argent de Jake, elle n'aurait pas réussi à joindre les deux bouts. S'ils n'abordaient jamais ce sujet, il menait contre elle une bataille insidieuse, la poussant à accepter de plus en plus d'argent. Malgré les protestations de Kelly, il arrivait presque toujours à ses fins.

Autrefois, il ne semblait jamais avoir conscience de ce qu'elle désirait ou ressentait. A présent, au contraire, il devinait ses moindres besoins avant même qu'elle les exprime. Un jour, elle trouva dans la cuisine, en rentrant, un micro-ondes dernier cri qu'il avait acheté par téléphone et fait livrer dans l'après-midi. Il prétendit que cela lui serait personnellement utile, puisque son estomac malade pouvait maintenant digérer quelques mets plus consistants. Et Kelly ne tarda pas à être ravie d'avoir l'appareil, qui lui faisait gagner un temps considérable. Jake remportait donc la première manche.

Ce fut une visite d'Olympia qui entama la seconde. La blonde vaporeuse se montra tout juste polie avec Kelly, puis elle disparut dans la chambre de Jake, où elle s'attarda la majeure partie de l'après-midi. Quand elle émergea de la pièce, il était déjà endormi. Olympia recommanda à Kelly de ne pas le déranger, pimentant sa tirade d'une remarque au sujet de « ce pauvre Jake terré dans un trou à rats ».

Domptant sa fureur, Kelly attendit qu'on eût emmené Jake en ambulance à l'hôpital pour son check-up, le lendemain, et passa à l'action. Quand il rentra le soir, elle l'avait installé dans sa propre chambre et occupait pour sa part la plus petite. Il voulut protester, mais elle le fit taire d'un seul regard.

Il répliqua en doublant le loyer qu'il lui versait, expédiant directement le chèque à son agence bancaire par l'intermédiaire d'Emily. Si bien qu'elle n'en fut avertie que quelques jours plus tard. Comme elle était alors à découvert, elle fut contrainte d'accepter. Un point de plus pour Jake.

Bien sûr, à chaque sujet de discorde, ils discutaient. Mais cela, elle était capable de l'encaisser. C'était lorsque tout se déroulait en douceur qu'elle perdait pied.

En apparence, ils s'étaient accoutumés à leur étrange routine quotidienne. Ils entretenaient sans peine la conversation et pourtant, chaque fois, c'était un effort. Tout simplement parce qu'ils n'avaient pas trouvé le ton juste dans leurs relations et que, dans ces conditions, ils ne pouvaient être réellement détendus.

Kelly n'osait pas se chamailler avec lui de peur de prononcer des paroles impardonnables. Jake semblait avoir oublié les mots malheureux qu'elle avait eus le premier jour mais elle continuait à se sentir coupable. Elle n'avait donc pas d'autre option que de lui manifester une politesse prudente, ce qu'elle trouvait affreux.

Jake passait le temps en s'efforçant de répondre à la volumineuse correspondance qu'il recevait depuis sa blessure. Elle sentait que cela lui posait des problèmes ; mais elle ne s'en souciait pas particulièrement, jusqu'au jour où, alors qu'elle était dans la cuisine, elle remarqua que la dentelle noire d'un soutien-gorge dépassait d'une enveloppe qui se trouvait sur la table.

Intriguée, elle l'examina de plus près. Au même moment, Jake la rejoignit dans la pièce.

— Elle est bien pourvue, non ? fit-elle en considérant la taille des bonnets.

— Je suppose, grommela Jake.

Kelly jeta un coup d'œil sur le contenu de la missive et s'écria :

— Quoi ? C'est ce qu'elle veut que tu lui fasses ? Eh bien, tu ne vas pas t'ennuyer !

— Arrête, tu veux ? D'ailleurs, qui t'a permis de lire ça ?

— Je me demandais pourquoi tu te donnais tant de peine à répondre au courrier de tes fans, c'est tout. Remarque, ça ne m'étonne pas : tu as toujours eu une ribambelle d'admiratrices. Un sourire de toi, une plaisanterie, et elles te prennent toutes pour un type adorable.

— Je te prie de garder tes sarcasmes pour toi. Je sais très bien me dépêtrer de ces filles-là.

— Si tu me faisais une tasse de thé, pendant que je lis ces lettres enflammées et parfumées ?

Quand il déposa deux gobelets de thé fumants sur la table, et la vit plongée dans sa lecture sans s'en scandaliser, il retrouva son sens de l'humour.

— Tu n'imagineras jamais ce qui l'excite, celle-là, dit-il en lui désignant des feuillets roses.

— Toi, pardi, fit Kelly.

— Mais dans certaines circonstances seulement, précisa-t-il en désignant une phrase en particulier. Il n'y a pas de beurre de cacahuète dans cette maison, n'est-ce pas ?

— Je veux bien aller t'en chercher une tonne si cela peut hâter ta guérison !

— Rien de ce que ces dames proposent ne pourrait me rendre la santé, soupira Jake, l'air épuisé. C'est plutôt du genre éreintant !

— Dans ta condition actuelle, peut-être. Mais d'ici quelque temps, je crois que tu pourrais même satisfaire celle-ci, lança Kelly, brandissant en riant une autre lettre. Comment se surnomme-t-elle, déjà ? Ah oui, la Passionnée de Kensington !

— Donne ça ! s'écria Jake, lui arrachant les feuillets. Ce n'est pas une lecture pour les petites filles.

Il se passa la main dans les cheveux, et soupira :

— C'est pire qu'avant.

— Je suppose qu'elles te trouvent encore plus excitant depuis que tu es un héros. Comment leur réponds-tu ?

— Avec la plus grande difficulté, grommela-t-il.

— J'imagine ça. « Madame, étant donné le coût élevé du beurre de cacahuète… »

— Tu trouves ça drôle, toi !

— Hilarant ! Toi, un étalon !

— Ça te fera moins rire lorsque ces demoiselles se présenteront à ta porte pour me réclamer !

— Pas de problème. Je leur révélerai que tu as les genoux cagneux.

— Je n'ai pas les genoux cagneux !

— Si, on dirait des castagnettes ! répliqua-t-elle.

Elle était si heureuse de le voir animé, bien vivant ! Autant continuer sur cette voie, songea-t-elle, cela lui ferait du bien.

— Enfin, non, je m'excuse, dit-elle d'un ton contrit. Tu n'as pas les genoux cagneux.

— Ah, tout de même. Merci de le reconnaître.

— Ce sont tes jambes qui ne vont pas. Elles sont osseuses.

— Mes jambes sont très bien.

— Ah oui ? Alors, pourquoi est-ce qu'on ne te voit jamais en short quand tu es en reportage dans un pays chaud ? Parce que tu as peur de réduire ton fan-club à une peau de chagrin. Qu'en pense Olympia ?

— Je ne discute pas de mes genoux avec elle.

— Pourquoi ? Ils la rebutent ?

— Pas du tout.

— Elle les a bien vus, tu es sûr ?

— Oui.

— Et elle ne t'a rien dit ?

— Non.

— Eh bien, pour une fois, elle fait preuve d'indulgence.

Elle vit alors qu'il avait compris son manège et qu'il la contemplait avec affection.

— Tu es impossible ! lui dit-il avec un large sourire.

— Tu crois ?

— Comme si je ne te connaissais pas !

— Ça t'en a pris, du temps ! commenta-t-elle.

Jake faillit observer que c'était bien la première fois qu'il la voyait d'humeur aussi enjouée, mais il changea d'avis, annonçant qu'il allait se coucher.

Il revint quelques instants plus tard pour récupérer sa correspondance d'un air digne, lui arrachant des mains les feuillets parfumés qu'elle était en train de déchiffrer. Elle le suivit jusqu'à sa porte en déclarant :

— En fait, c'est fascinant, tu sais.

Il lui claqua le battant au nez.

— Heureux d'avoir pu te faire rire ! cria-t-il de l'autre côté.

— Non, je t'assure. Ça mériterait une étude sociologique. Carl fait de la socio, il adorerait enquêter là-dessus.

Jake rouvrit la porte.

— Si tu dis un seul mot de ce que tu as lu à Carl ou à qui que ce soit d'autre, menaça-t-il, je t'étripe.

— Mais c'est un scientifique, objecta-t-elle. Il n'a pas du tout l'esprit mal tourné.

80

— Foutaises ! Il ne songeait qu'à se moquer de moi ! Alors, tu dois me jurer que…

— Bon, c'est bon, je jure, soupira-t-elle. Rabat-joie, va !

— Kelly…

— C'est bon, va te coucher.

La joute s'arrêta là. Mais, le lendemain, elle eut le plaisir de le surprendre en robe de chambre devant la glace, en train d'examiner ses genoux.

— Tu jauges tes atouts ? lui lança-t-elle.

— Je vérifie. Mes genoux sont très bien.

— Bien sûr. Ils sont superbes, je les ai toujours adorés.

— Mais tu as dit que…

— Et depuis quand est-ce que tu crois tout ce que je te dis ? lui fit-elle avec le plus doux des sourires.

7.

Carl n'avait pas menti en prétendant qu'il était expert en grossesses. A l'université, il se joignait souvent à Kelly pour le déjeuner et lui donnait des conseils. Ils discutaient de sa condition de femme enceinte, se rapprochant étroitement dans leur enthousiasme, et elle sentait qu'on spéculait pas mal à leur sujet — d'autant plus que Carl avait un physique de star de cinéma. En réalité, cependant, il lui apportait un soutien de grand frère dont elle lui était reconnaissante.

Parfois, il la ramenait en voiture à la maison, lui portait ses livres, et entrait prendre une tasse de thé. Jake leur tenait quelquefois compagnie. Mais en général, il se retirait dans sa chambre. Et il ne faisait jamais mention de Carl lorsqu'il était seul avec Kelly.

Il y avait un autre sujet qu'ils n'abordaient jamais ensemble : Kelly était au quatrième mois de sa grossesse, époque où, la première fois, elle avait fait sa fausse couche.

Le matin, dès qu'elle s'éveillait, elle était à l'écoute de son corps, guettant tout signe, toute douleur inhabituels. C'était seulement une fois rassurée qu'elle parvenait à se détendre et à commencer la journée.

La santé de Jake donnait enfin lieu de se réjouir. A mesure qu'il reprenait des forces, il commençait à s'aventurer dans les boutiques du quartier, et se promenait parfois dans le petit parc proche. Il leur arrivait aussi de s'y rendre ensemble, bras dessus bras dessous, sans guère parler. Kelly avait toujours le sentiment de soutenir Jake et elle fut amusée de découvrir, un soir, qu'il pensait de son côté lui apporter son soutien.

— Mais je me sens bien, protesta-t-elle. Je n'ai aucun souci, je t'assure.

Au bout d'un temps de silence, il affirma :

— Tu mens. Tu as très peur.

— Qu'en sais-tu ?

— Je le sais parce que tu ne tricotes rien. La dernière fois, tu as tricoté de la layette dès le premier jour où tu as su que tu étais enceinte. Il y avait des aiguilles et des patrons partout.

Elle sourit.

— Tu te plaignais de te prendre les pieds dans les pelotes de laine.

— Oui, mais j'étais content aussi. Je n'oublierai jamais le jour où tu as achevé ta première paire de chaussons de naissance. Tu étais fière comme tout.

— Jusqu'au moment où je me suis aperçue que je m'étais trompée dans le motif et qu'en plus, ils n'étaient pas symétriques !

— Et tu as fondu en larmes. Je ne savais pas quoi faire.

— Tu t'es montré très pragmatique, lui rappela-t-elle. Tu m'as dit qu'il suffisait que je tricote un chausson pareil au plus petit et un autre au plus grand, et que j'obtiendrais deux paires. C'était astucieux. Je ne comprends pas pourquoi je t'ai expédié une girafe en caoutchouc à la figure.

— Le jouet en question était un éléphant, soutint Jake. On l'avait baptisé Dolph. Je m'en souviens très bien, parce que, après, j'av... il avait la trompe toute tordue.

Ils éclatèrent de rire en chœur. Puis Kelly assura :

— Cette fois, tout se passera très bien, j'en suis sûre. Carl m'a dit qu'une de ses sœurs a commencé par faire une fausse couche et qu'après, elle a eu trois beaux enfants.

Le sourire de Jake s'effaça.

— Tu parles de ces choses avec Carl ?

— Oui, pourquoi pas ?

— Bien sûr, dit-il précipitamment. C'est juste que ça me paraît bizarre que tu en discutes avec un de tes professeurs.

Elle s'apprêtait à expliquer que Carl avait une ribambelle de neveux et qu'il s'y connaissait, mais déjà Jake reprenait à voix basse :

— On devrait peut-être rentrer.

Un jour qu'elle était rentrée plus tôt de l'université, Jake vint aussitôt la voir dans le salon et lui demanda si elle se sentait bien. Elle assura que oui.

— Tu en es certaine ? Tu ne rentres pas si tôt, d'habitude.

— Oh, les derniers cours ont été supprimés, c'est tout.

— C'est vrai ?

Emue par son inquiétude, elle lui assura :

— Il n'y a aucun signe de fausse couche possible, rassure-toi.

— Mais l'époque correspond à peu près, non ?...

Il s'interrompit. Il ne pouvait lui demander depuis quand elle était enceinte. Si l'enfant avait été conçu le soir de la fête, on approchait bel et bien de la période cruciale. Il s'était à demi convaincu, de façon plus ou moins fallacieuse, que l'enfant était de lui mais, comme elle ne le lui avait jamais confirmé, il ne voulait pas lui poser la question, par fierté.

Elle aurait pu concevoir cet enfant avant la soirée, bien sûr. Cependant, aurait-elle couché avec lui, s'il y avait eu un autre homme dans sa vie ? Avait-elle changé à ce point-là ? A cette idée, il ressentait un étrange pincement au cœur.

— Je ne veux pas que tu souffres encore, dit-il presque rudement, c'est tout. N'en faisons pas un plat.

— Non, approuva-t-elle. Puisque je vais bien.

— Repose-toi pendant que je prépare à manger.

Elle obéit tandis qu'il s'occupait du repas, même si elle se sentait parfaitement bien. Les yeux clos, elle prêta l'oreille aux divers bruits provenant de la cuisine. C'était agréable. Elle commençait à somnoler quand elle entendit Jake jurer :

— Ah, zut ! Plus de lait !

Puis la porte d'entrée claqua. Elle allait s'endormir pour de bon lorsque la sonnerie du portable de Jake se fit entendre. Elle répondit, et obtint Olympia au bout du fil.

— Il est sorti pour le moment, lui dit-elle. Je peux prendre un message ?

— Oui. Confirmez-lui que c'est ce soir, à 20 h 30, chez moi.

Là-dessus, Olympia raccrocha.

Lorsque Jake rentra, un instant plus tard, Kelly était occupée à déballer ses livres.

— N'oublie pas que tu as rendez-vous avec Oympia, tout à l'heure.

— Ah ?

— Elle a téléphoné pour te rappeler que c'était à 20 h 30 chez elle.

Jake la dévisagea d'un air interdit.

— Je n'ai pris aucun rendez-vous avec elle.

— Eh bien, il semble que tu en aies un, maintenant.

— Tu n'avais pas le droit d'accepter à ma place ! fit-il, scandalisé.

— Tu avais déjà dit oui, à en croire Olympia, répliqua-t-elle.

Poussée par Dieu sait quel démon, elle ajouta :

— Elle s'est inquiétée de ta santé, elle tenait à savoir si tu avais repris des forces. Je lui ai dit que je le croyais, mais que je ne pouvais pas en jurer.

— Tu viens juste d'inventer tout ça.

— Tu crois ?

— Kelly, un de ces jours je vais te tordre le cou !

— Pourquoi t'énerves-tu comme ça ? Il n'y a pas lieu de le faire. Tout ça m'est égal. Nous sommes libres, maintenant.

Il faillit lui hurler : « Tu attends mon enfant ! Tu devrais t'en soucier, au contraire, au lieu de me prendre des rendez-vous avec d'autres femmes ! » Mais il resta silencieux.

Au bout d'un temps, il grommela :

— Je n'irai pas. Il pourrait t'arriver quelque chose. Je refuse de te laisser seule.

— Tu viens pourtant de le faire.

— Juste pour dix minutes, le temps d'acheter du lait.

— Ecoute, c'est absurde. Je vais très bien.

— Je ne sortirai pas, bon sang !

— Bon, ça va, inutile de crier.

— Si je ne crie pas, tu n'entends jamais rien, Kelly !

Exaspérée, elle rétorqua :

— C'est un peu fort de la part d'un homme qui est passé maître dans l'art de faire la sourde oreille.

— Je refuse de discuter. Je vais rappeler Olympia pour annuler, c'est tout. Et inutile d'ajouter quoi que ce soit, puisque je suis le roi de la sourde oreille, vu ?

Kelly le foudroya du regard tandis qu'il passait l'appel. Elle ne savait pas très bien pourquoi elle s'était échauffée ainsi. Peut-être cherchait-elle à se dérober au plaisir que lui causait sa sollicitude. Elle se sentait en terrain plus sûr quand ils se disputaient.

— Ah, zut ! Elle a éteint son portable ! pesta Jake.

Il tenta de joindre Olympia au studio, mais en vain. Il demanda qu'on la prévienne de le rappeler de toute urgence, en lui spécifiant qu'il y avait un contretemps pour la soirée. Tandis qu'il retournait dans la cuisine, Kelly le suivit en insistant pour qu'il sorte, soutenant qu'elle avait un devoir à rédiger sur l'Egypte ancienne et qu'elle voulait être tranquille.

— Inutile de t'obstiner, puisque j'ai annulé, soutint-il.

— Tu n'as pas annulé. Tu n'as pas eu Olympia.

— Elle comprendra dès qu'elle aura mon message.

— Ça m'étonnerait qu'elle l'ait.

— Et pourquoi ça ?

« Parce qu'elle ne veut pas qu'on le lui transmette, faillit dire Kelly. Pourquoi crois-tu qu'elle a éteint son portable ? » Décidément, les hommes manquaient de subtilité, pensa-t-elle avec exaspération. Elle préféra pourtant garder le silence. Elle faisait peut-être erreur. Il était possible qu'Olympia soit une femme honnête, sincèrement amoureuse de Jake, et désirant pour lui ce qu'il y avait de mieux.

« Tu parles ! » pensa-t-elle un instant après alors que les minutes s'écoulaient et qu'aucun appel ne venait. Voyant que Jake guettait sa montre avec une impatience grandissante, elle finit par lui enjoindre de partir, de la laisser finir son devoir tranquille.

— Habille-toi et vas-y, bon sang ! Et fais ce qu'il faut pour satisfaire Olympia !

— C'est immoral, ce que tu suggères là !

— Je pensais seulement à une invitation à dîner, fit Kelly, l'air innocent.

— Il n'est pas question que je te laisse seule.

— Si j'ai besoin de compagnie, je peux toujours faire appel à Carl.

— Pourquoi Carl ?

— C'est un bon ami.

— Ce ne serait pas à cause de lui que tu cherches à te débarrasser de moi ?

— Oh, bon sang ! Je veux me débarrasser de toi parce que tu ne tiens plus en place.

— Très bien, très bien, ne t'énerve pas, ça pourrait être mauvais pour le bébé.

Pendant une heure environ, ils conclurent une sorte de trêve, même si Jake demeurait nerveux. Finalement, au grand soulagement de Kelly, le téléphone sonna. Elle devina qu'il s'agissait d'Olympia, et qu'elle était mécontente.

— Mais j'ai essayé de te joindre, dit Jake. J'ai laissé un message à ton intention. Non, ce n'est pas moi qui suis malade. C'est Kelly…

D'un mouvement preste, Kelly lui subtilisa l'appareil et dit dans le combiné :

— Olympia, c'est moi. Désolée d'avoir gâché votre soirée. Vous ne voulez pas venir ici ? Je ne vais pas tarder à sortir.

— Pas question, grommela Jake. Si Carl veut te voir, il n'a qu'à passer.

— Excellente idée ! Tu as du génie, Jake !

— Hé, vous êtes toujours là ? lança la voix glaciale d'Olympia à l'autre bout du fil.

Elle n'était pas accoutumée à être mise sur la touche.

— Bien sûr, lui dit Kelly. J'ai dit à Jake que vous veniez. Il a hâte que vous soyez là.

Là-dessus, elle raccrocha et appela Carl sans hésiter. Un instant plus tard, il était en route pour les rejoindre. Jake était furieux.

— A quoi joues-tu, Kelly ? fit-il.

— Il m'a semblé que tu serais heureux de passer une soirée avec ta petite amie.

— Ici ? Avec toi et Carl ? Joli quatuor !

— Nous sortirons pour vous laisser votre intimité, rassure-toi.

— Je n'ai peut-être aucune envie de rester seul ici avec Olympia.

— Pourquoi ? Vous vous êtes disputés ?

— Non, mais…

— J'essaie seulement de me comporter en amie.

— C'est ça, grommela Jake, bien sûr.

Et à dater de cet instant, ce fut la dégringolade. Olympia débarqua une demi-heure plus tard, parée comme une déesse. Kelly s'éclipsa dans sa chambre — pour travailler, précisa-t-elle — et, dès qu'elle eut disparu, Olympia se pendit au cou de Jake.

— Tu es un véritable saint, murmura-t-elle contre sa bouche.

Il se dégagea aussitôt, en jetant un regard expressif du côté de la porte de Kelly.

— Oui, c'est juste, admit Olympia. Mon pauvre chou, ce doit être difficile pour toi.

— C'est plus dur pour Kelly, s'obstina Jake. Elle croyait s'être débarrassée de moi.

La mine d'Olympia en disait long sur ce qu'elle pensait à ce sujet, mais elle préféra ne pas insister, et questionna plutôt Jake sur sa santé. Il se hâta de la rassurer, expliquant qu'il avait juste encore quelques problèmes, qu'il ne supportait toujours pas certains aliments.

Il se garda de lui dire qu'il se réveillait plein d'énergie, prêt à repartir de plus belle au travail, mais se sentait vidé dès midi. « Comme une baignoire pleine dont on lâche la bonde d'un seul coup », avait-il expliqué à Kelly. Il s'efforça de détourner l'attention d'Olympia vers un autre sujet de conversation — ce n'était pas une femme à qui l'on pouvait avouer une faiblesse.

Cependant, Kelly étant sortie de sa chambre, Olympia entreprit de la questionner à son tour sur Jake, de façon approfondie, s'inquiétant du traitement qu'il suivait et de quantité d'autres choses. Kelly répondit tranquillement, et finit même par observer avec un petit rire :

— Mon Dieu, Olympia, cessez de vous faire autant de bile. Je vous assure que je veille attentivement sur Jake. A vous entendre, on vous prendrait pour sa mère.

Olympia était trop fine mouche pour répliquer, mais Jake adressa à Kelly un regard reconnaissant et approbateur. La sonnette de la porte, tintant à ce moment-là, mit provisoirement fin à cette conversation gênante. Carl fit son entrée, beau à en tomber par terre et tout sourires, serrant Kelly entre ses bras. Elle lui rendit son étreinte en riant.

— Qui est-ce ? murmura Olympia.

— Le professeur Carl Franton, de l'université de Kelly, souffla Jake en insistant sur le mot « professeur ».

— Est-il le père de… ?

— C'est probable.

— Mais alors, pourqu…

— Laisse tomber, Olympia. Je ne me mêle pas de la vie privée de Kelly.

— Mais est-ce qu'il ne devrait pas sav…

— J'ai dit : laisse tomber.

— Très bien. Parlons de nous deux. J'ai un tas de projets…

Jake tenta de se concentrer sur les propos d'Olympia, ce qui n'était guère facile, puisqu'il s'efforçait en même temps de suivre la conversation du deuxième duo. Carl avait apporté un livre de pédiatrie qu'il consultait avec Kelly, et tous deux échangeaient des commentaires ponctués de rires.

Du coin de l'œil, il vit que Kelly allait dans la cuisine et, improvisant un prétexte auprès d'Olympia, il l'y rejoignit.

— Qu'est-ce qui t'arrive ? lui demanda-t-elle en le voyant. Tu es plus raide qu'une momie. Tu ne peux pas traiter Olympia de cette manière. Elle est importante pour ta carrière.

— Ma carrière ne dépend peut-être pas d'elle.

— En tout cas, tu dois éviter de te fermer des portes. Montre-toi un peu plus jovial, que diable. La soirée ne va quand même pas continuer comme ça !

— C'est toi qui as organisé cette charmante petite réunion, je te rappelle. Et ce n'était pas une idée de génie, si je puis me permettre !

— Ne t'énerve pas comme ça, c'est mauvais pour toi.

— Et toi, arrête de me dire ce que je dois faire.

— Ça fait partie de mon devoir, répliqua Kelly, qui ajouta pour faire bonne mesure : je suis sûre qu'Henri VIII n'a jamais posé autant de problèmes à Anne de Clèves.

— Si elle te ressemblait, je suis surpris qu'il ne l'ait pas fait décapiter comme ses autres épouses !

— Merci du compliment, s'insurgea Kelly. Alors que je fais de mon mieux pour toi !

— Oh, bon sang, c'était juste pour blaguer. Pas fameux, comme plaisanterie, je te l'accorde. Hé, ne pleure pas. Je sais bien que c'est plus ou moins normal, dans ton état, mais je t'en prie, Kelly, ne pleure pas. Ne pleure pas, voyons, fit Jake en la serrant dans ses bras.

— Benêt, va ! Je ne pleure pas !

— Quoi ?

Kelly redressa la tête. Ses yeux secs brillaient d'une lueur espiègle.

— Je t'ai bien eu, pas vrai ?

— Oh, nom d'une pipe ! Je vais t'étran...

— Halte-là ! Tu oublies mon état !

Jake sourit jusqu'aux oreilles, quoiqu'un peu à contrecœur.

— Tu es impossible !

— Cette soirée est une erreur, avoua-t-elle. Si tu proposais qu'on sorte prendre un verre ?

— Bonne idée, je m'en charge.

Olympia accepta la suggestion avec un soulagement visible. Jake l'aida à enfiler son manteau, et il allait faire de même avec Kelly lorsqu'il s'avisa qu'elle avait disparu avec Carl. Il ne tarda pas à découvrir qu'ils étaient plongés dans une vive discussion, dans la cuisine.

— Mais pas du tout, disait Carl. Je n'ai pas cessé de le répéter en cours mais tu n'as pas saisi. Les pyramides...

Jake toussota sur le seuil et leur demanda froidement :

— Alors, vous venez, tous les deux ?

91

— Bien sûr, répondit gaiement Carl. Vous savez, votre chère épouse a de drôles de conceptions…

— Ce n'est pas ma femme, rectifia Jake.

— Juste, rayonna Carl.

Il semblait tellement ravi que Jake eut bonne envie de lui expédier son poing dans la figure.

— Navrée, fit Kelly. Quand on est lancés, tous les deux, il n'y a pas moyen de nous arrêter.

— Vous ne devez pas vous ennuyer, commenta Olympia, surgissant à côté de Jake. Vous pouvez continuer votre petite discussion, si vous voulez. Vous nous rejoindrez quand vous vous serez mis d'accord sur les pyramides.

— Génial ! s'exclama Kelly. Allez-y, on viendra après.

Et Jake eut beau vouloir l'entraîner, elle ne se laissa pas faire. Il finit par grommeler qu'il emmenait Olympia au Red Lion et partit avec elle, non sans jeter un regard noir à Carl et Kelly, s'animant déjà à propos d'un paragraphe du livre de cours. Leur occupation avait beau être des plus innocentes, elle le contrariait vivement.

Le Red Lion était un petit pub convivial et enfumé, pas du tout le genre d'endroit dont Olympia avait l'habitude. Jake dénicha une table dans un angle, pas trop près des enceintes de la stéréo ; la musique arrachait des grimaces à sa compagne.

— Tu te rends compte que c'est la première fois qu'on se voit en dehors de l'appartement ? lui dit-elle d'un ton faussement enjoué. C'est charmant, ici. Pas très sophistiqué, mais si typique…

— La sophistication n'a jamais été mon genre, lui dit-il. Cet endroit est luxueux, par comparaison avec certains endroits que j'ai fréquentés pour le travail.

— Tu n'as pourtant pas oublié Paris, tout de même ? Ce merveilleux restaurant où nous avons dîné, près de la tour Eiffel ? C'était une soirée spéciale, n'est-ce pas ?

Jake se sentit mal à l'aise. Il s'était d'ailleurs déjà senti mal à l'aise le soir du dîner à Paris.

— Après, tu es monté dans ma chambre, lui rappela Olympia.

— Et j'étais si soûl que je n'ai pas pu aller jusqu'au bout.

— Je n'en ai eu que plus d'estime pour toi. Tu étais un homme marié, tu respectais cet engagement. Mais maintenant, dit Olympia en lui touchant le bras et en plongeant son regard dans le sien avec un sourire éloquent, c'est différent…

— Oui, il y a eu de sacrés changements, admit-il d'un air sombre.

Et il consulta sa montre, se demandant ce que fabriquait Kelly. L'intensité de la musique ayant redoublé, Olympia regarda autour d'elle avec dédain.

— Si on allait ailleurs ? Il y a sûrement un endroit plus agréable pas loin, non ?

— Je reste ici, s'obstina Jake. J'ai dit à Kelly qu'on serait là.

— Oh, chéri, murmura Olympia en lui pressant la main, tu ne t'imagines tout de même pas qu'ils vont venir, n'est-ce pas ?

— Que veux-tu dire ?

— Eh bien, les gens se laissent captiver quelquefois, lorsqu'ils discutent de choses aussi intéressantes que… les pyramides. Soyons francs, il y a tout un tas de choses qu'ils ne pourraient pas se dire en ta présence.

— Mais c'est Kelly qui…, commença Jake.

Puis il s'arrêta tout net.

— Kelly qui a suggéré de sortir prendre un pot puis battu en retraite une fois que tu as eu dit oui ? s'enquit Olympia.

— Oui, bon sang !

— Tu ne peux guère l'en blâmer. Entre Carl et toi, elle se trouvait un peu coincée, si je puis me permettre.

— Comment ça ? Qu'est-ce que tu veux dire par là ?

— Eh bien, comment se fait-il qu'elle ne vive pas avec lui ? Ils s'entendent visiblement très bien, et tu as dit toi-même qu'i
était le père…

— J'ai dit que c'était une possibilité.

— Il y a d'autres candidats ?

Jake se mordit la lèvre, furieux d'avoir trop parlé. Il refusai d'avouer à Olympia qu'après avoir refusé d'entrer dans son lit il avait couché avec son ex-femme, et sans doute engendré son enfant.

— Je t'ai déjà dit de laisser tomber, déclara-t-il. Nous somme comme frère et sœur, Kelly et moi, maintenant. Sur certains sujets je ne lui pose pas de questions, car ce n'est plus mon affaire.

« Par exemple, pensa-t-il, m'a-t-elle délibérément expédié dehor pour pouvoir être seule avec Carl ? » Un mari pouvait demande ces choses-là. Mais lui, à présent, de quel droit l'aurait-il fait ?

La conversation traîna encore une demi-heure, puis il put enfi décemment dire bonsoir à Olympia et l'accompagner jusqu'à un taxi. Elle l'embrassa tendrement, comme pour lui signifier qu'elle le comprenait. Cela ne fit que l'agacer davantage.

Quand il pénétra dans l'appartement, les lumières étaient encore allumées, bien que le salon fût désert. Il finit par percevoir de petits rires étouffés dans la chambre close de Kelly. Il entendit la voix de Carl, puis Kelly qui répondait avec un rire doux :

— C'est délicieux. Oh, oui, j'aime bien ça.

— Tant mieux, répondit Carl. Du moment que tu es contente, c'es tout ce qui compte. C'est l'une des grandes joies d'être parent.

Jake se figea, guettant d'autres paroles qui l'aideraient à saisi le sens de celles-là. Mais leurs voix se muèrent en un murmure inaudible et, honteux d'avoir voulu écouter aux portes, il alla se mettre au lit. Longtemps, il guetta le départ de Carl, mais il fini par sombrer malgré lui dans le sommeil et n'entendit pas la porte se refermer sur le professeur.

8.

Sans savoir pourquoi, Jake s'éveilla en sursaut une heure à peine après s'être endormi. Il vit, dans l'appartement silencieux et désert, que la porte de Kelly était entrouverte. Il alla jeter un coup d'œil, mais la jeune femme n'était pas dans sa chambre.

Il alluma, constata que les draps n'étaient pas défaits. Un registre d'échantillons de papiers peints et des feuillets couverts de notes gisaient sur la courtepointe. Mais de Kelly, point de trace.

Sans savoir pourquoi, il alla regarder par la fenêtre, qui donnait sur le petit parc où ils avaient fait halte quelques jours plus tôt. On apercevait le coin de jeu des enfants et, sur le manège de bois, une personne était assise, tournant sans but dans la pénombre, blottie dans une veste chaude, l'air perdu. Au bout d'un moment, il identifia Kelly. Un instant plus tard, vêtu de pied en cap, il descendait l'escalier.

Kelly ne parut pas s'étonner de son apparition soudaine et il se demanda même si elle l'avait vu à la fenêtre. Il grimpa à côté d'elle sur le petit banc qu'elle avait élu ; elle sourit et, en silence, glissa sa main sous son bras.

— Eh bien ? demanda enfin Jake. Avez-vous décidé de la décoration de la chambre du bébé ? C'est de ça que vous discutiez, non ?

Elle eut un rire bref.

— Oui. Nous hésitons entre un papier orné de pingouins et un autre avec des nounours.

— Personnellement, je préfère les petits tigres.

— Ah. Carl vote pour les pingouins.

— Si c'est ce qu'il veut, lâcha Jake un peu sèchement. Il compte se charger aussi de la déco ?

— Il en a parlé.

— Je suis assez fort pour faire un peu de peinture, tu sais.

— Pas question, trancha-t-elle. Tu es convalescent pour un bon moment encore. Laisse Carl s'en occuper. De toute façon, il n'y a pas le feu.

Si Jake avait réellement été son frère, il lui aurait demandé quelle chambre elle destinait au bébé. Sans doute la petite, où elle dormait à présent. Elle aurait donc besoin de récupérer celle qu'il occupait. Elle devait avoir hâte qu'il s'en aille... Il chercha le moyen de tourner la question au mieux, puis renonça à la poser et, d'une poussée du pied, activa la vitesse du manège.

— Il y avait un truc comme ça là où nous habitions, au début, dit-il après un moment de silence.

— Je m'en souviens. J'imaginais que j'y emmènerais notre enfant, un jour.

Jake lui serra la main, tandis que la roue tournait, tournait encore, faisant défiler le parc encore et encore devant leurs yeux.

— Je regrette de ne pas avoir été là, murmura-t-il, pensant à sa fausse couche.

Elle comprit aussitôt.

— Ce n'était pas ta faute. Tu avais un reportage important et tu avais tellement travaillé pour l'obtenir...

— On n'avait plus de sous, l'argent de ta mère était épuisé, se rappela Jake. J'avais tellement honte que j'aurais fait n'importe quoi pour gagner de quoi vivre. Je n'avais pas très envie de partir à l'étranger, en fait. Mais tu semblais en bonne forme...

— Personne n'aurait pu prédire ce qui s'est passé, assura Kelly. En fait, je me sentais très bien, ce jour-là, et tout à coup…

Elle s'interrompit.

— Continue, murmura Jake.

— Non, aucune importance.

— Pourquoi ne veux-tu pas m'en parler ? demanda-t-il, profondément blessé de la voir se fermer ainsi.

Kelly expliqua sans rancœur :

— Tu m'as toujours dit qu'il était inutile de ruminer cela. Que nous en parlerions le jour où je serais de nouveau enceinte, et où ça ne me ferait pas souffrir.

— C'était par commodité personnelle, admit-il rudement. Je ne supportais pas d'aborder ce sujet. Alors, j'ai adopté cette attitude. Pur égoïsme de ma part. Tu ne l'avais pas compris ?

Elle posa sa tête sur son épaule en disant :

— Je ne me souviens pas de ça.

Rapprochant sa tête de la sienne, Jake souffla doucement :

— Kelly, je suis désolé. Pour tout.

— Ne le sois pas. Tu avais raison, ça ne sert à rien de ressasser. Il faut aller de l'avant. Qui vivra verra, de toute façon. Si je suis toujours enceinte mardi prochain…

— Tais-toi ! Bien sûr que tu le seras. Je te promets que tu n'as pas à t'inquiéter.

Elle lui flanqua une petite tape sur l'épaule.

— Tu n'en sais rien, tu n'as aucune connaissance en obstétrique. J'aimerais bien savoir pourquoi je te crois. Comment se fait-il que j'aie foi en tes paroles alors que tu parles au hasard et que je le sais ?

— Parce que c'est ma spécialité, commenta Jake, ironique. Le baratin, c'est là-dessus que j'ai bâti ma carrière ; j'ai seulement voulu m'en servir pour la bonne cause, pour une fois. Cela dit, je suis réellement certain que ta grossesse va bien se dérouler, insista-t-il en l'entourant de ses bras pour donner plus de poids à ses paroles. Tu pourras avoir tout ce que tu voulais la première fois. Tu retrouveras ce que tu as perdu.

Il comprit aussitôt qu'il venait de commettre une gaffe. Kelly se raidit et s'écarta de lui.

— Qu'est-ce qu'il y a ? fit-il anxieusement.

— Tu ne comprends rien. Je ne pourrai jamais ravoir ce que j'ai perdu. Cet enfant est mort, à jamais.

— Mais tu as celui-ci…

— C'est un deuxième enfant. Pas un remplacement du premier. Cette petite fille, ce sera toujours mon premier bébé, aussi longtemps que je vivrai.

— Oh, c'est vrai, tu disais toujours que c'était une fille.

— C'en était une, persista Kelly. Pour moi, c'était une véritable personne, même si elle n'est jamais née. Elle était bien réelle, et elle est morte avant que je puisse la connaître. Pendant ma fausse couche, j'ai essayé de lui parler, de lui dire de tenir bon parce que j'étais sa maman et que je l'aimais. Mais il était trop tard. Je lui ai juré que je l'aimerais toujours. Je ne sais pas si elle m'a entendue…

La voix de Kelly était grosse de sanglots, à présent, et Jake soutint farouchement :

— Bien sûr que oui ! Elle a sûrement senti ce que tu disais. Elle a su. Tu dois le croire.

— J'essaie. Merci de m'avoir dit ça.

« J'aurais dû te le dire alors, pensa-t-il, mais je ne savais rien. »

Il aurait aimé lui demander si elle avait assuré à leur fille qu'il l'aimait aussi, mais il n'en avait plus le droit. Et il avait peur que Kelly, avec son honnêteté foncière, ne lui livre une réponse qu'il aurait du mal à entendre.

— Si ça tourne mal, ajouta-t-il avec hésitation, tu ne seras pas seule. Ton grand frère est avec toi.

Il la serra entre ses bras, et elle murmura d'un ton réconforté :

— Oui. J'ai toujours désiré avoir un frère. Peut-être parce que je n'avais pas de père. Je rêvais d'avoir quelqu'un à qui parler, quelqu'un qui serait fort, et aussi qui serait content de m'avoir. Parce que, pour ma mère, je n'étais qu'un fardeau.

Elle serra Jake contre elle en ajoutant :

— Qui aurait pu prédire qu'un jour, ce serait toi ?

Il commenta d'un air sombre :

— Je crains de n'être pas meilleur comme frère que comme mari.

— Tu es descendu me retrouver, ce soir. Tu es là, tu me réconfortes. Et puis il ne faut pas revenir sur le passé. Ça n'a plus d'importance.

— Je suppose.

Jake déposa un baiser sur les cheveux de Kelly, et murmura encore :

— Je suis navré… Kelly, Kelly, je regrette tellement…

— Tu ne dois pas réagir comme ça. Tu m'as rendue très heureuse. Souvent.

— Mais pas tout le temps.

— Le bonheur tout le temps, ça n'existe pas, dit-elle avec sagesse. Nous ne devrions pas aspirer à ça.

— Sans doute, soupira Jake. Mais c'était bien quelquefois, n'est-ce pas ?

— Oh, oui ! C'était ce qu'il y avait de mieux au monde, s'écriat-elle doucement avec un sourire radieux.

Le souffle suspendu, Jake posa les lèvres sur son front, l'embrassant en frère — puisque c'était là son rôle — et ils restèrent bienheureusement blottis l'un contre l'autre jusqu'à ce qu'une voix forte les fît sursauter.

— Je ferme ! criait un homme en uniforme planté à quelques pas. Il va falloir que vous alliez faire votre cour ailleurs !

Jake aurait volontiers étranglé le gardien, mais Kelly éclata de rire.

— On y va, on y va, dit Jake, retrouvant sa bonne humeur. Pff ! « Faire votre cour… » Si je lui disais la vérité, il ne me croirait pas.

— Personne ne le croirait, approuva-t-elle. Il faut être fou pour comprendre un truc comme ça.

Alors qu'ils rentraient lentement, sous les lumières qui s'éteignaient une à une, il dit d'un ton rêveur :

— C'était bon d'être fous tous les deux ensemble.

— Délicieux…

— Allons, dépêchons. Il fait trop froid dehors pour toi.

— Pour toi aussi. C'est moi qui suis censée veiller sur toi !

— J'ai l'impression qu'on va devoir veiller l'un sur l'autre.

— Pendant quelque temps.

— Oui… pendant quelque temps.

« Mardi prochain », avait dit Kelly, et c'était vraiment la date butoir dans son esprit. Elle comptait les jours qui l'en séparaient…

Le lundi soir, elle travailla tard, plongée dans ses manuels bien que les mots dansassent devant ses yeux. Elle était consciente de retarder l'heure de se mettre au lit, de crainte de voir redoubler son angoisse une fois allongée dans le noir.

Elle voyait filtrer un rai de lumière sous la porte de Jake, et lui en voulait de ne pas venir la voir, lui parler. C'était pourtant à ça que servaient les grands frères, non ?

Puis elle se calma. C'était elle qui avait tout fait pour tenir Jake à distance. Elle lui avait même caché qu'elle passait une échographie le lendemain — sans trop savoir pourquoi.

Elle soupira, se reprochant de se dissimuler la vérité : si elle gardait le silence, c'était par fierté. Pour que Jake ne s'imagine pas qu'elle attendait de lui une plus forte implication dans sa grossesse, et pour ne pas le voir lui complaire poliment, dissimulant sous des dehors courtois sa réticence intérieure.

Finalement, elle finit par se réfugier dans sa chambre, après avoir jeté un dernier et vain regard d'espoir vers le rai de lumière.

Malgré sa discrétion, Jake perçut ses mouvements. S'il avait laissé la lampe allumée, c'était pour qu'elle sache qu'il ne dormait pas. Il s'attendait qu'elle vienne le solliciter d'une minute à l'autre, lui dire qu'elle avait besoin de lui. Peut-être même lui parlerait-elle de cette échographie qu'elle passait le lendemain, et dont il n'aurait rien su s'il n'était tombé sur une lettre qui traînait…

En entendant la porte de Kelly se fermer, il sut qu'il avait guetté et attendu en vain et, avec un léger soupir, éteignit sa lampe.

Le lendemain, à la réception de la maternité, tandis que l'hôtesse pianotait sur son ordinateur, Kelly regarda autour d'elle. Un élan de surprise et de bonheur la traversa.

— Jake ? Mais qu'est-ce que tu fais là ?

Il s'avança, l'air maladroit et mal à l'aise.

— J'ai pensé venir te tenir la main, grommela-t-il. Mais si tu ne veux pas de moi, je m'en vais.

Elle comprit à cet instant seulement qu'elle avait éperdument désiré sa présence. Elle fut si émue de voir qu'il l'avait deviné qu'elle sentit des larmes lui picoter les yeux.

— Non, reste, je t'en prie, reste.

Elle glissa sa main dans la sienne, comme pour le retenir auprès d'elle. Tandis qu'il la guidait vers une chaise, elle s'enquit :

— Mais comment as-tu su ?

— J'ai trouvé la lettre qui traînait. Je n'aurais pas dû la lire, je sais… Je m'excuse. Mais toi, tu aurais dû m'en parler.

— Oui, tu as raison. Pourquoi t'étais-tu planqué comme ça, au fond de la salle d'attente ?

— Je pensais que Carl t'accompagnerait peut-être.

— Non, il m'a juste déposée au coin de la rue. Il avait une réunion pour organiser sa prochaine campagne de fouilles. Il se rend sur un chantier en Italie, pendant les vacances de Pâques.

A cet instant, une infirmière fit signe à Kelly, qui la suivit dans une petite pièce contenant un lit et un gros appareil. En voyant Jake, l'infirmière s'enquit de son identité.

— C'est mon frère, répondit précipitamment Kelly.

Et il n'osa la contredire. Elle regardait avec hésitation le lit que lui désignait l'infirmière. Jake comprit ce qu'elle ressentait, et cela lui fit une drôle d'impression. Il avait aimé Kelly, et il avait été attentionné avec elle à sa façon. Mais ses pensées et ses sentiments intimes lui étaient toujours restés impénétrables, environnés de mystère.

Maintenant, c'était différent. Depuis ce coup de feu qui avait failli lui coûter la vie, il était plus ouvert au monde et à ce qui l'entourait. Il ressentait tout avec une étrange acuité, et en particulier il était plus réceptif à tout ce qui concernait Kelly. Comme si un voile lui était tombé des yeux, il lisait enfin en elle. Cette échographie allait confirmer ou infirmer ses inquiétudes, et elle avait peur de ce qu'elle risquait de découvrir.

Lui aussi, il avait peur. Car elle serait anéantie, si quelque chose n'allait pas. Elle aurait besoin de lui, et lui, il lui ferait défaut. Avait-il jamais été là quand il le fallait ?

Gentiment, il l'amena à s'allonger, et elle s'exécuta en lui adressant un sourire reconnaissant. Puis l'infirmière appliqua un gel sur le ventre de Kelly, et y promena une sorte de gros stylo.

Peu à peu, des ombres apparurent sur l'écran.

— Voici la tête, annonça l'infirmière.

Jake avait beau regarder avec attention, il ne distinguait rien. Il se tourna vers Kelly, qui elle avait les yeux braqués sur l'écran, l'air radieux. Il crut d'abord qu'elle avait oublié son existence, mais elle lui serra soudain la main, très fort, presque à lui faire mal. Cependant, pour rien au monde il n'aurait retiré ses doigts.

— Tu vois sa tête ? demanda-t-elle.

Et tout à coup, il vit. Ce qui n'était que confusion pour lui quelques secondes plus tôt devenait soudain très clair.

— Oui. Et je vois ses mains, ses pieds, souffla-t-il.

— Le cœur bat fermement, commenta l'infirmière. Si j'ai bien compris, mademoiselle Harmon, vous avez fait une fausse couche lors de votre dernière grossesse ?

— Oui. Mais je crois que ce bébé a passé le cap de la dernière fois.

— En tout cas, il est en pleine santé.

Jake et Kelly contemplèrent la pulsation régulière du cœur de l'enfant, qui était comme un message de vie et d'espoir. L'infirmière leur posa une question, mais ils ne l'entendirent ni l'un ni l'autre, et elle dut leur demander une seconde fois s'ils désiraient connaître le sexe de l'enfant.

— Non, merci, dit Kelly.

A l'instant même où Jake disait :

— Oui.

— Bon, très bien, concéda Kelly. C'est un garçon ou une fille ?

— Non, si tu ne veux pas savoir, c'est ta décision qui compte, intervint Jake. Cela ne me concerne pas vraiment.

Dans son désir de respecter la volonté de Kelly d'abord, il avait bien mal formulé sa phrase. Mais il était trop tard pour rattraper les mots. A voix basse, Kelly demanda :

— Quel est le sexe ?

— C'est un garçon.

Elle s'efforça de voir le visage de Jake, et crut y lire une brève expression de tristesse. Cependant, comme il fixait l'écran, elle n'aurait pu en jurer.

— Il n'arrête pas de se retourner, et de donner des coups de pied. Est-ce que ça fait mal ? s'enquit-il anxieusement.

— Je ne sens rien du tout, déclara Kelly.

C'était vrai, la petite créature qu'on voyait sur l'écran avait déjà sa propre vie, dans son propre monde, à l'abri du tumulte de l'extérieur. L'infirmière leur donna une image du bébé, dont Jake se chargea pendant que Kelly se rajustait. Kelly le lorgna à la dérobée, pour voir s'il regardait le cliché. Mais il se contenta de le loger en sécurité dans la poche de son veston.

Ils quittèrent l'hôpital en silence. Cependant, une fois dehors, Jake l'entraîna vers un centre commercial en déclarant :

— Suis-moi.

— Où va-t-on ?

— Fêter ça.

— Mais c'est un magasin de laine !

— C'est l'endroit idéal pour fêter un enfant, non ?

Là-dessus, tout excité, Jake entra avec elle dans la boutique, et acheta une incroyable quantité de laine et de modèles de layette.

— Hé, combien de temps crois-tu que j'aie pour tricoter tout ça ? protesta Kelly en riant.

Il parut réfléchir.

— Je pourrais peut-être m'y mettre aussi ? Après tout, conclut-il d'un ton provocateur, si tu arrives à tricoter, ça ne peut pas être bien difficile !

Elle lui donna une petite tape sur le bras, et fut toute retournée de le voir blêmir de douleur. Il prétendit cependant que ce n'était rien.

Ils quittèrent la boutique avec un sac gigantesque, que Jake tint à porter lui-même. Il avait recouvré sa bonne humeur, et Kelly, qui n'avait d'abord éprouvé que du soulagement à la suite de l'échographie, commença elle aussi à se laisser aller à sa joie. A un moment donné, elle trébucha, et Jake l'aida aussitôt à reprendre son équilibre.

— Hé, fit-il, attention, tu vas avoir un enfant.

— Tu viens seulement de t'en aviser ?

— C'est devenu concret, c'est tout.

— Bien sûr. Je vais avoir un bébé, Jake. Je vais avoir un bébé !

Elle se jeta à son cou et il laissa tomber la laine pour la serrer étroitement contre lui.

— Oui, tu vas avoir un bébé ! Je te l'avais bien dit !

Ils riaient tous les deux, à présent, fous de soulagement et de joie, se cramponnant l'un à l'autre dans un embrassement jubilatoire. Les passants leur jetaient un drôle de regard en passant, puis se rassuraient en les voyant rire. Serrée contre Jake, Kelly sentit battre son cœur. Elle pensa intensément à cet autre cœur qu'elle avait vu battre sur un écran, un moment plus tôt : celui de leur fils.

9.

Les semaines suivantes furent les plus heureuses de l'existence de Kelly. Les cours étaient interrompus pour les vacances de Pâques, et elle pouvait rester à la maison toute la journée, occupée à lire et à tricoter, avec Jake pour compagnie.

Il n'avait pas touché aux aiguilles, préférant sagement laisser ce soin à l'experte en tricot. Mais il avait acheté au futur bébé un énorme nounours au pelage miel.

C'était la grossesse dont Kelly avait rêvé autrefois, avec auprès d'elle un homme attentif. Son seul regret était que Jake ne sût pas qu'il était le père du bébé. Parfois, elle se demandait pourquoi elle ne le lui disait pas franchement. Il se doutait sûrement que le petit était de lui, et il devait attendre qu'elle le lui confirme…

Mais il ne lui posait pas la question, et elle se demandait si la réponse avait une véritable importance pour lui. Il continuait à se comporter en grand frère, attentionné et réconfortant. Pourtant, il conservait une certaine distance et, elle avait beau guetter la moindre de ses réactions, elle ne parvenait pas à deviner s'il désirait avoir avec elle une autre relation que cette entente « fraternelle ».

Et, tant qu'elle n'était pas mieux éclairée sur ce qu'il pensait, elle ne voulait pas prendre le risque d'ajouter un tel poids sur les épaules d'un homme qui avait déjà un fardeau si lourd à porter.

Car il était loin d'être remis. Il ne reprenait pas du poids au rythme souhaité et il était toujours très pâle. Ses forces lui manquaient, de façon imprévisible. Cependant, il restait gai et assurait qu'il se sentait bien. Elle tenta de le persuader de voir un médecin, une fois, mais il refusa tout net, d'une façon qui lui rappela l'ancien Jake. Alors, elle n'insista pas.

Elle lui demanda cependant, un soir, de l'accompagner aux séances de préparation à l'accouchement, parce qu'il lui avait étourdiment promis de lui accorder tout ce qu'elle désirerait. Il protesta, mais tint parole.

Il arriva si furtivement, la première fois, qu'elle faillit rire de bon cœur. Il vit néanmoins que les autres hommes présents n'étaient pas plus vaillants que lui, derrière leurs épouses respectives, et il parut se détendre un peu. Ensuite, son tempérament de journaliste reprit le dessus et, sur le chemin du retour, il put aborder le sujet avec sa mauvaise foi coutumière.

— J'étais sûr que ce serait facile, lui dit-il à leur entrée dans l'appartement. Je me demande pourquoi tu ne voulais pas que j'y aille, au départ.

— Va plutôt mettre la bouilloire sur le feu avant que je me fâche ! lui répliqua-t-elle.

Il se mit à rire, puis s'exécuta gaiement en se frottant les mains. Elle l'observa avec tendresse. Jake était merveilleux, lorsqu'il était de cette humeur-là.

En homme qui connaît les humeurs et désirs d'une femme enceinte, il lui apporta une jatte de bananes écrasées et battues avec du lait — la passion du moment de Kelly.

— Offrande de paix, lui dit-il en riant.

— Merci ! Je vois que tu as retenu quelque chose du cours ! Un plat agréable et léger qui ne pèse pas sur l'estomac.

— N'est-ce pas ? fit-il, de plus en plus réjoui.

Ensuite, elle se laissa aller sur le canapé, tandis qu'il lui massait les pieds.

— Oh, c'est si bon, si bon, soupira-t-elle. Continue.

— Oui, chérie.

— Ah, je t'ai eu ! s'écria-t-elle triomphalement.

— Comment ça ?

— Tu avais juré de ne jamais dire « chérie ».

— Jamais de la vie.

— Mais si ! Au début, quand on sortait ensemble. Selon toi, tu avais connu un homme qui ne savait dire à sa femme que : « Oui, chérie » et « Non, chérie ». Tu as prétendu que tu préférais mourir que de faire pareil. Et que c'était même une excellente raison pour ne pas te marier.

Elle avait pleuré toutes les larmes de son corps, cette nuit-là...

— Quand ai-je dit ça ?

— Un mois avant notre mariage.

— Ah ! Si tu essaies de prétendre que je t'ai épousée par force, tu te trompes. Bon, tu dois aller te coucher, maintenant. Tu as besoin de repos.

Il avait raison mais, ces temps-ci, elle avait parfois du mal à trouver le sommeil. Après avoir franchi les premières étapes de la grossesse, elle était délivrée des nausées et autres petits maux et se sentait en pleine forme. Elle en prit pleinement conscience un matin lorsque, à son lever, elle vit Jake sortir de la salle de bains, avec pour seul vêtement une serviette autour des reins.

Il était trop maigre encore, et avait perdu son hâle. Pourtant, il avait conservé le corps attirant dont elle avait gardé le souvenir, et elle éprouva soudain un désir si intense que cela lui coupa le souffle. Elle avait cru que sa grossesse la mettait à l'abri de tels émois, elle découvrait qu'elle s'était trompée.

En fait, elle avait l'impression d'être revenue au soir de la fête, cette nuit chaude et veloutée durant laquelle Jake et elle avaient fait l'amour sans contrainte, ne songeant qu'au plaisir. Elle se sentait défaillir au seul souvenir de cette nuit de volupté...

Quand il vit le regard qu'elle posait sur lui, il arqua un sourcil interrogateur et, brusquement, elle prit conscience de l'écart qui existait entre son désir et le physique que lui avait donné la grossesse. Comment Jake aurait-il pu avoir envie de sa silhouette alourdie ? Marmonnant vaguement, elle se hâta de s'esquiver. Mais pendant deux nuits d'affilée, elle ne dormit guère.

Elle s'essaya à lire, puis à arpenter le salon, puis à se confectionner un sandwich. Rien n'y fit. Chaque fois qu'elle fermait les yeux, elle voyait Jake venir vers elle, caresser son visage, l'embrasser doucement — préliminaires à l'amour…

— Est-ce que ça va ? lui demanda-t-il une nuit en la trouvant en train de siroter du thé dans le salon. Il est 3 heures du matin, tu devrais être couchée.

— J'avais soif.

— Mais tu fais ça toutes les nuits. Voyons, qu'est-ce qui se passe ? s'enquit-il gentiment.

— Rien, assura-t-elle.

« Je suis juste folle de désir pour toi, alors que je deviens de moins en moins désirable. »

— Allons, parle. Dis tout à ton grand frère.

Elle faillit éclater de rire. « On ne dit pas ces choses-là à un grand frère ! »

Voyant qu'elle ne répondait pas, il chercha à la distraire en lui racontant des histoires amusantes, tirées de sa vie de journaliste, qu'il dépouillait de leur dureté pour n'en retenir que l'aspect humoristique. Pour la première fois, elle eut confirmation d'une chose qu'elle avait toujours soupçonnée : il détestait l'avion, alors que, dans son métier, il était contraint de le prendre tout le temps.

— Et, bien entendu, Jake Lindley ne peut s'en ouvrir à personne, observa-t-elle gentiment.

— Jake Lindley se rit du danger. S'il disait qu'il a le cœur dans les talons quand on décolle, plus personne ne le prendrait au sérieux.

— Et c'est drôlement important, pour toi, qu'on te prenne au sérieux, hein ?

— Enormément. Je voulais… oh, bon sang, je ne sais même plus quoi. Tout ça me semble si loin. Est-ce que le passé te fait le même effet, à toi ?

— Oui, dit-elle aussitôt. Tout semble dériver, et je n'arrive pas à entrevoir où ça va.

Il lui jeta un regard aigu.

— Tu ne veux toujours pas me dire ce qui te tracasse ?

— Je ne peux pas. Honnêtement, je ne peux pas.

— Le dirais-tu à Carl ?

— Non.

— Alors, c'est sûrement sérieux. A qui pourrais-tu en parler ?

— A personne.

— Personne… C'est l'histoire de ta vie, j'imagine. Personne à qui te confier. Pas de père, pas de vraie mère…

— Elle a fait ce qu'elle a pu.

— Eh bien, ce n'était pas grand-chose ! Pourquoi n'a-t-elle pas cherché à te protéger contre moi ? N'importe quelle mère aurait senti que je n'étais pas le bon numéro, et tu n'avais que dix-huit ans. En fait, elle m'a facilité la tâche.

— Ne sois pas injuste. Elle n'a jamais tenté de me pousser à avorter. Elle m'a permis de t'épouser.

— Elle en était ravie, ça lui apportait sa liberté. Pourtant, tu n'as pas eu précisément un mariage de rêve, n'est-ce pas ?

— Tu ignores ce dont je rêvais, soutint-elle d'un ton léger.

— Je ne suis pas si aveugle qu'on le croit. Je me souviens qu'une fois, on était allés au mariage d'une de tes amies. C'était à l'église, elle avait une robe blanche, des demoiselles d'honneur… Je t'ai bien regardée, tu adorais ça. Tu aurais aimé avoir la même chose, n'est-ce pas ? Et au lieu de ça, tu as eu droit à une petite cérémonie vite expédiée, dans un bureau de mairie, avec une robe de tous les jours. Et pourtant, tu ne t'es jamais plainte.

— Je n'en avais pas envie. J'aurais aimé me marier à l'église, mais pas en grand tralala.

— Tu rêvais d'avoir un métier et tu ne l'as pas eu. Tu voulais un enfant, et tu ne l'as pas eu.

— Mais je…

— Kelly, sois franche : y a-t-il quelqu'un qui ait jamais pris soin de toi ? Je veux dire *vraiment* veillé sur toi, avec affection, en te plaçant au-dessus de tout ?

— Oui, bien sûr. Tu…

— Allons donc ! s'écria Jake. Tu sais pertinemment que je me suis accordé la priorité, du début à la fin.

— Je n'en crois rien.

— Eh bien, tu devrais. Je n'ai jamais…

— Jake, je t'en prie, arrête ! Ce n'est pas bon de revenir là-dessus.

— Je pensais que tu aimerais savoir que je pense pareil que toi à mon sujet.

— Je l'ai peut-être pensé autrefois, mais ce n'est plus le cas. Nous nous entendons bien, en ce moment, il ne faut pas gâcher ça en revenant sur le passé.

Il haussa les épaules.

— Si tu y tiens. De toute façon, qu'est-ce que ça change, maintenant ?

Elle se leva, et il l'aida à gagner sa chambre en disant :

— En tout cas, il y a au moins un de tes désirs qui sera exaucé. Je suis heureux que tu aies ce bébé, Kelly. Vraiment heureux. Et je te promets de ne pas te gâcher ça.

— Merci, lui dit-elle d'une voix tendue. Bonne nuit, Jake.

Vite, vite, elle voulait se retrouver à l'abri de sa chambre, pour qu'il ne devine pas qu'elle était au bord des larmes. Si elle ne l'avait pas arrêté, il aurait détruit tous les souvenirs qu'elle conservait de leur mariage, pan par pan, plaçant sa propre conduite sous l'éclairage le plus défavorable. Elle avait toujours su qu'il n'éprouvait pas autant d'amour pour elle qu'elle en ressentait pour lui, et qu'il l'avait épousée pour la sécurité de leur enfant. Pourtant, elle avait aimé se persuader qu'il l'aimait tout de même un peu. Sans cela, les huit années qu'ils avaient passées ensemble auraient été réduites à néant. Elle avait failli le haïr, tout à l'heure, en le voyant se lancer dans cette entreprise de destruction.

Elle se rappela qu'elle s'était juré de ne jamais revenir sur le passé, et qu'elle ne devait plus se laisser prendre à de telles remémorations. C'était la sagesse même, songea-t-elle en se mettant au lit.

Jake aussi se coucha, lentement, à cause des douleurs sourdes qui le tourmentaient depuis quelques jours, mais aussi parce qu'il était déçu.

Oh, bon sang, qu'avait-il bien pu espérer ? Qu'elle lui tomberait dans les bras parce qu'il reconnaissait enfin ses erreurs passées ? Comme si elle ne savait pas mieux que lui qu'il avait été le plus égoïste des maris !

Pourtant, il s'était convaincu que la gentillesse de Kelly exprimait quelque chose de plus… Pure sottise de sa part. Elle ne l'avait même pas laissé finir. Sa « chère sœur » se raccrochait à lui par besoin d'un soutien, sans plus. Et il aurait dû s'en satisfaire, puisqu'il avait juré de lui donner tout ce dont elle avait besoin. Mais il avait le sentiment qu'elle venait de lui fermer une porte au nez.

C'était bon de revoir le visage amical de Carl dès le premier jour de la rentrée universitaire, songea Kelly. Bon de revoir les autres, quels qu'ils fussent. Car Jake lui avait gâché sa matinée dès l'instant où il s'était levé, de très mauvaise humeur, prenant de travers tout ce qu'elle disait. Il avait fini par lâcher :

— Ne rentre pas trop tard à la maison.

Là-dessus, elle s'était enflammée :

— Je rentrerai quand ça me plaira. Arrête de me traiter comme ça, tu m'étouffes.

— J'essaie seulement de veiller sur toi.

— Eh bien, moi, j'ai l'impression que tu veux me mettre en prison. Fais-ci, ne fais pas ça…

— Très bien, très bien ! Je te laisse tranquille, puisque c'est comme ça.

Et il avait levé les bras comme pour se protéger d'elle. Plus tard, elle se souviendrait de ce geste avec tourment.

A son grand désarroi, elle constata qu'elle était soulagée de lui échapper pour aller à l'université, où elle se sentait comme chez elle. Carl lui fit de grands signes avant de s'en aller à ses cours et, de son côté, elle renoua avec ses amis, prit des notes… A la fin de la journée, elle alla au pub avec une bande de copains.

Carl les rejoignit alors qu'elle commençait à désespérer de le voir et l'invita à manger une pizza en sa compagnie.

— Super. Je préviens Jake et on y va.

Mais elle n'obtint que le répondeur, et laissa un message à Jake pour le prévenir qu'elle arriverait tard.

— Il a dû faire un saut au chinois du coin, dit-elle à Carl. Allons-y.

Pendant le repas, il lui parla de son séjour en Italie, avec son éloquence coutumière. Captivée, elle ne vit pas le temps passer. Il y avait près de trois heures qu'ils bavardaient, lorsqu'elle consulta enfin sa montre.

— Jake va croire que je me suis fait enlever par des extraterrestres, dit-elle en se hâtant de téléphoner de nouveau.

Pourtant, cette fois encore, elle tomba sur le répondeur.

— C'est bizarre, observa-t-elle. Il n'a pas pu rester dehors pendant tout ce temps.

— Pourquoi ? Il semblait aller bien, le soir où je suis venu. Maintenant, il doit se porter encore mieux, non ?

— En fait, non. Il paraît même plutôt fatigué…

Saisie soudain d'une pensée affreuse, elle déclara :

— Carl, il faut que je rentre tout de suite.

Il ne discuta pas. En fait, il se hâta de la raccompagner en voiture et, quand elle vit, du bas de la rue, que de la lumière brillait à sa fenêtre, son inquiétude s'aggrava. Carl la suivit dans le vestibule, en tentant de la rassurer, mais tout en lui donnant raison, elle marchait de plus en plus vite, courant presque lorsqu'elle sortit de l'ascenseur.

L'appartement était plongé dans le silence. On voyait de la lumière sous la porte de Jake et, quand elle la poussa doucement, elle fut passagèrement rassurée de le voir allongé sur le lit. Elle alla à lui et le toucha doucement à l'épaule, pour qu'il se tourne vers elle. Ce qu'elle vit la propulsa de nouveau jusqu'à Carl, resté dans le salon.

— Appelle une ambulance, et vite !

Et elle revint précipitamment sur ses pas.

Le visage de Jake était tout gris, comme la première fois qu'elle l'avait revu à l'hôpital. Il avait le regard intensément brillant de quelqu'un qui souffre, et ne sembla pas la reconnaître.

— Jake, Jake, sanglota-t-elle. Oh, pourquoi ne suis-je pas rentrée plus tôt ?

Elle prit sa main, qui était sèche et brûlante.

— Kelly ? murmura-t-il.

— Que t'est-il arrivé ?

Il remua péniblement les lèvres.

— Rien du tout. Ta journée de fac a été intéressante ?

— Je me fiche de la fac ! s'écria-t-elle avec véhémence. Maudit sois-tu de ne pas m'avoir dit que tu te sentais mal ! Tu n'étais pas bien ce matin, n'est-ce pas ?

— Pas très, avoua-t-il dans un murmure rauque. Je ne voulais pas… gâcher… ta rentrée…

— Tais-toi ! Tais-toi ! Comment as-tu pu être aussi stupide !

— C'est naturel, chez moi…

Elle s'en voulut. S'il avait agi en idiot, elle avait été plus idiote encore de se laisser abuser par la comédie qu'il lui avait jouée.

— Depuis combien de temps est-ce que tu te sens mal ? demanda-t-elle.

— Quelques semaines.

— Pourquoi n'as-tu rien dit ?

— On s'entendait si bien… rien que nous deux. Je ne voulais pas manquer ça.

— J'aurais dû m'apercevoir que ça ne tournait pas rond, ce matin, fit-elle avec amertume, mais je ne pensais qu'à ma petite personne…

— Mais c'est très bien comme ça, souffla-t-il en lui agrippant le poignet. C'est ce qu'il faut. Chacun son tour. On l'a décidé.

— Je me fiche de tout ça, s'écria-t-elle avec passion. Jake, je t'…

— Kelly, ils sont là, intervint Carl, sur le seuil.

Et tout à coup, les infirmiers prirent le relais, étendant Jake sur une civière, l'emmenant en ambulance. Le moment dangereux, où elle avait failli tout lâcher, était passé.

Elle accompagna Jake à l'hôpital, où elle ne fit qu'entrevoir le Dr Ainsley, qui se hâtait déjà au chevet de son patient. Carl, qui avait suivi l'ambulance, l'avait rejointe et lui tenait compagnie au moment où le chirurgien se présenta de nouveau, rassurant, sourire aux lèvres.

— Il fait une surinfection, annonça-t-il. Ce n'est pas très bon, mais ça ira dès que les antibiotiques auront fait leur effet. Ce qui m'étonne, c'est qu'il n'ait rien dit. Il y a un moment qu'il devait se sentir mal. Il aurait dû revenir nous voir beaucoup plus tôt.

— Vous lui avez demandé pourquoi ?

— Oui, mais je n'ai rien compris à la réponse qu'il a marmonnée. Il était question de Pâques, à ce que j'ai cru comprendre. De toute façon, il a trop de fièvre pour tenir des propos cohérents.

— Puis-je le voir ?

— Une minute seulement.

Elle gagna la chambre de Jake, qui semblait endormi, et s'installa près de lui en silence. Elle pouvait enfin se détendre un peu, et se pénétrer de la portée des incroyables paroles de Jake.

« On s'entendait si bien… rien que nous deux. »

S'il avait avoué plus tôt qu'il se sentait mal, il aurait passé la période des vacances à l'hôpital, et il aurait manqué ces semaines de douce complicité.

Jake ouvrit les yeux et murmura :

— Salut.

— Tu te sens mieux ? s'enquit-elle tendrement.

— Bien mieux. Tu es fâchée, hein ?

— Non, oublions ça. Je regrette, pour ce matin… enfin, hier matin, plutôt. Je n'aurais pas dû t'enguirlander, j'aurais dû comprendre que tu n'étais pas en forme. Tu comptais te décider à en parler quand, bon sang ?

— Je pensais appeler l'hôpital après ton départ mais je me suis endormi. Après, je n'ai pas eu assez d'énergie pour ça. J'ai enclenché le répondeur et je me suis couché. Et puis je me suis réveillé et j'ai eu ton message…

— Et tu m'as attendue ? Si j'avais su !

— Je ne voulais pas que tu saches. Au fait, j'ai vu Carl à l'appartement, ou c'était une vision ?

— C'était bien lui. On avait pris une pizza et il m'a raccompagnée.

— Bonne chose. Il t'attend ?

— Oui.

— Bien, il va pouvoir te ramener.

— Entendu.

Elle se leva, voulut lui donner un baiser sur le front. Mais il avait déjà détourné la tête et fermé les yeux.

Une fois chez elle avec Carl, elle lui expliqua ce qui s'était produit.

— Il a tu qu'il était malade pendant plusieurs semaines ? s'exclama-t-il. Mais il est dingue !

— Non, il n'est pas dingue. Il voulait seulement être avec moi pendant les vacances. Je trouve ça drôlement gentil de sa part.

— Moi aussi. Débile mais super, dit Carl.

Puis, sagement, il se tut.

Cette nuit-là, elle ne dormit pas. Elle se remémorait le visage de Jake, lui disant : « Ne rentre pas trop tard. » Ce n'était pas un ordre, mais une prière. Et elle ne l'avait pas compris. « Ah, je fais une jolie infirmière ! » pensa-t-elle, honteuse et désespérée.

Le lendemain, elle quitta ses cours le plus tôt qu'elle put et se hâta au chevet de Jake. Elle avait tant de choses à lui dire !

Il avait meilleure mine et elle sut que les antibiotiques avaient commencé à faire effet. Il le lui confirma, d'ailleurs.

— Tu me connais, conclut-il. Comme le phénix, je renais toujours de mes cendres !

— Ne te vante pas trop. Le Dr Ainsley a dit que c'était limite.

— O.K., O.K., j'ai voulu faire le bravache et j'en paie le prix. Désolé de t'avoir causé du souci.

— Tu n'es pas un souci. Ces dernières semaines étaient super, et j'étais enchantée que tu sois là…

— Ravi de t'avoir rendu service. Je deviens plutôt bon pour les séances de préparation à la naissance, tu ne trouves pas ?

117

Elle constata, comme elle l'avait redouté, qu'il avait choisi d'adopter une attitude légère, affichant son humour comme un masque. Ainsi, il la tenait à distance.

Avant qu'elle quitte l'hôpital, le Dr Ainsley lui précisa que l'infection avait empêché Jake de reprendre des forces et de digérer convenablement, ce qui expliquait sa maigreur persistante.

— Je vais le garder une semaine ou deux, dit-il. Quand il rentrera, il aura fait des pas de géant. Et vous, comment vous en tirez-vous ? A part cet incident, comment ça se passe ? Il n'est pas trop pénible ?

— Non, il a été adorable, dit-elle. Ces dernières semaines surtout.

— Ça ira encore mieux quand il reviendra.

Mais Kelly en doutait. La période écoulée avait représenté une bienheureuse parenthèse, un temps de complicité hélas révolu.

Elle sut qu'elle avait vu juste lorsque Jake revint, plus en forme qu'elle ne l'avait jamais vu depuis sa blessure par balle. Il reprenait ses forces, à présent, et tandis que le temps filait, trop vite selon elle, elle voyait peu à peu reparaître l'ancien Jake Lindley.

Il semblait en avoir lui aussi conscience. Ils n'avaient plus ces longues conversations complices qu'elle en était venue à apprécier tant et, de nouveau, il reportait son attention vers l'extérieur — ce qui était bon signe. Il se montrait amical, gentil, coopératif. Mais on aurait dit qu'ils n'avaient jamais eu de passé commun.

Il allait, d'un jour à l'autre, reprendre sa vie brillante, et retourner auprès d'Olympia. Et lorsque ce moment viendrait, elle l'accepterait sans amertume, heureuse d'avoir pu partager avec lui cette période d'entente rare, à laquelle elle n'aurait jamais espéré avoir droit.

10.

Chaque jour, Kelly se sentait plus assurée dans sa nouvelle vie, plus en accord avec elle-même. La jeune femme hésitante qui était suspendue aux faits et gestes de Jake Lindley avait bel et bien disparu, remplacée par une femme sûre de sa maturité, qui assumait ses décisions, si douloureuses fussent-elles.

Aussi, quand elle sentit que le moment où Jake allait la quitter était imminent, elle résolut de prendre les devants.

— Il serait temps que tu fasses un effort envers Olympia, non ? lui dit-elle un jour.

— Que veux-tu dire par là ?

— Voyons, Jake ! Tu m'as assez répété qu'elle est de ceux qui « font avancer le monde ». Tu devrais peut-être te décider à avancer avec elle.

Furieux, il lui décocha un regard meurtrier.

— Tu me crois capable de coucher avec une femme pour faire progresser ma carrière ?

— Ce n'est pas ce que j'ai dit, mais je te conseille tout de même de rester dans ses petits papiers.

— En gros, tu essaies de me dire que si je couche avec elle, ça t'est égal.

Elle aurait voulu lui hurler : « Bien sûr que non, espèce d'idiot ! Je t'aime à la folie, et quand tu partiras, j'aurai l'impression que ma vie s'effondre pour la seconde fois. Pourquoi ne le vois-tu pas ? »

Mais justement, son aveuglement lui disait ce qu'elle désirait savoir : en refusant de reconnaître les sentiments qu'elle éprouvait pour lui, il se protégeait. Elle lui faciliterait donc les choses, réservant le désespoir et les pleurs pour le moment où elle se retrouverait seule, après son départ.

— Nous avons déjà discuté de ça, n'y revenons pas, dit-elle avec un détachement feint. Je te demande seulement de ne pas l'amener ici pendant que je rédige mon mémoire sur les pyramides.

— Oh, bon sang ! Tu me rends fou !

Il paraissait bel et bien furieux et, dans un accès de colère, il téléphona à Olympia, lui faisant miroiter un dîner aux chandelles. En un rien de temps, il eut pris rendez-vous avec elle pour le lendemain soir, et Kelly n'eut plus qu'à se dire qu'elle l'avait bien cherché.

Comme elle ne pouvait faire marche arrière, elle joua à outrance son rôle d'« Anne de Clèves », l'aidant à se préparer avant le rendez-vous.

— Pas cette cravate-là, protesta-t-elle. Elle est horrible.

— C'est toi qui me l'as offerte.

— Ah ? Je devais être furieuse contre toi. Oui, cette autre est mieux.

— Un cadeau d'Olympia.

— Elle a du goût. Et elle sera flattée que tu la mettes. Mmm… ton eau de toilette sent divinement bon ! C'est elle qui te l'a offerte aussi ?

— Non, je l'ai achetée ce matin.

— Eh bien, elle est géniale. Ça va la rendre folle. Bon, tu as bien tout ce qu'il te faut ? Argent, carte de crédit ?

— Kelly, arrête !

— Tu n'as pas oublié ton stylo ?

— Non.

— Tes chaussettes sont assorties ?

— Oui.

— Tu as un caleçon propre ?

— *Pardon ?*

— Pour le cas où tu aurais un problème et où on devrait t'emmener à l'hôpital, fit-elle innocemment.

Il leva les yeux au ciel et ils échangèrent un sourire complice.

— Bon, vas-y, reprit-elle. Et amuse-toi bien !

— Merci, c'est mon intention. Toi, ça va ?

— Je suis en pleine forme. Tu vas rentrer très tard, je suppose ? enchaîna Kelly.

— Peut-être pas du tout.

— Super.

Elle éprouvait une sensation presque triomphante en lui donnant ainsi le change. Mais c'était un triomphe amer et, lorsqu'il fut parti, elle s'assit dans un coin et médita lugubrement.

Jake avait choisi un restaurant luxueux, commandé le vin le plus cher, les mets les plus goûteux. Il avait soigneusement préparé cette soirée, car c'était celle de sa libération.

De quoi allait-il être libéré ? Il n'aurait su le dire. Pas de Kelly, puisqu'elle niait qu'il y eût entre eux le moindre lien…

La conduite de la jeune femme l'avait agacé prodigieusement. Il trouvait insultant, en un sens, qu'elle ait voulu le jeter dans les bras d'Olympia.

Il s'était gardé de lui confier ses pensées, bien sûr. Pas question de lui laisser marquer un point, de faire la moindre concession à cette femme exaspérante entre toutes !

Il se retrouvait donc attablé face à Olympia, et pratiquement condamné à passer la nuit avec elle. Car enfin, que s'imaginait Kelly, en l'asticotant comme elle l'avait fait ?

Souriante face à lui, Olympia se pencha pour lui prendre la main, lui offrant une vue plongeante sur son décolleté. Jake admettait qu'elle était sensationnelle. Sa robe de soie noire mettait en valeur ses seins superbes, et ses cheveux ondoyaient autour de son ravissant visage chaque fois qu'elle riait.

— J'ai toujours su que ça arriverait, lui murmura-t-elle.

Elle avait la même mine gourmande que ce fameux soir, à Paris, où il s'était mis en tête de la séduire. Il n'avait pas oublié sa propre et intense tentation ; au restaurant, au pied de la tour Eiffel, il avait eu envie de la déshabiller sauvagement et de lui faire l'amour devant tout le monde.

Mais elle l'avait emmené dans sa chambre. Etrangement, dès qu'il s'était trouvé seul face à elle, son excitation était retombée. Parce que l'image de Kelly s'était imposée à lui, tout à coup. Il avait revu son regard empli d'amour, et il n'avait pas eu le cœur de la tromper.

Ce soir, cependant, il en irait différemment, elle ne lui gâcherait pas cette soirée, songea-t-il, contemplant Olympia.

— Tant de choses se sont interposées entre nous, souffla-t-elle. Mais nous étions destinés à surmonter les obstacles, tu ne crois pas ?

— Il me semble, oui. Je n'ai pas eu les idées claires, pendant un bon moment…

— Je te comprends. Tu as dû ressentir un tel choc. Et puis ça a dû te rendre fou de ne plus pouvoir travailler.

— C'est vrai, concéda-t-il.

Il ajouta avec autodérision :

— Mais je suis devenu très fort pour passer l'aspirateur.

— J'en suis sûre… Rassure-toi, le cauchemar est presque fini.

— Quel cauchemar ?

— Te retrouver coincé avec cette petite Kelly qui doit te harceler tout le temps.

— La petite Kelly, comme tu l'appelles, est trop occupée par ses études pour se soucier de moi, assura-t-il.

— C'est ce qu'elle te laisse croire. Tu sais bien ce qu'elle veut, en réalité. Te récupérer.

— Sûrement pas. Elle ne voulait pas m'accueillir, au début.

— Oh, voyons, chéri ! C'est de la comédie.

— Plus vraie que nature, alors. Elle ne tient qu'à son diplôme et à son bébé. Moi, elle me tolère, c'est tout.

— Elle t'abuse. En réalité, ce qui compte, c'est que tu sois là, près d'elle, comme elle le désire.

Jake observa Olympia avec curiosité, en se demandant comment elle pouvait se tromper à ce point sur un autre être humain.

— Ce n'est pas ça du tout, dit-il. Kelly a changé, elle est différente, elle…

— Mon cher Jake, intervint Olympia, laissons là Kelly. C'est toi qui m'intéresses, ce soir. Je suis sûre qu'elle est gentille et se montre bonne infirmière, mais quoi qu'elle prétende, elle est encore amoureuse de toi. Si elle savait que tu es avec moi ce soir, elle serait malade de jalousie.

Jake éprouva quelque embarras. Pouvait-on dire à une femme qu'on passait la soirée avec elle sur l'insistance, presque sur l'ordre, d'une autre ? Certes pas ! Se réfugiant dans un silence prudent, il déclara :

— Tu as raison, ne parlons pas d'elle.

— En tout cas, elle doit être ravie d'avoir une soirée bien à elle. Ce doit être fatigant pour elle de s'occuper de toi dans son état. Je parie qu'elle est tranquillement allongée sur son lit et qu'elle se repose.

« Probablement, pensa Jake. Ce que j'aimerais bien savoir, c'est où se trouve Carl. » Il se ressaisit et versa du champagne à Olympia.

— Tu es superbe, ce soir.

Elle accepta le compliment en déesse sûre de ses attributs, et lui serra la main. Jake éprouva une sensation de malaise, qu'il attribua à son manque de pratique, en matière de séduction. Il répondit à la pression de main d'Olympia, et la regarda dans les yeux en s'efforçant de songer à la nuit qui l'attendait. Mais il lui trouva un regard vide et froid.

Ce fut avec une sensation de distance, comme s'il se déplaçait dans un rêve, qu'il quitta le restaurant avec elle et monta dans le taxi qu'elle avait hélé. Il s'efforça de se ressaisir. Puisqu'il avait pris une décision, autant aller jusqu'au bout avec résolution, pensa-t-il en serrant sa compagne contre lui. Comme elle lui effleurait la joue d'un baiser mutin, il songea : « Que ses lèvres sont froides ! »

Olympia habitait un élégant appartement dans un des quartiers les plus chic. L'endroit était à l'image de sa propriétaire : aucune faute de goût dans le décor, harmonieux à souhait.

— Ton cœur bat si fort, murmura-t-elle alors qu'il l'embrassait avec une sorte de fureur, sur le seuil, pour masquer son absence de sensations.

Mais, quelle que fût la comédie qu'il jouât, il n'éprouvait pas de désir pour elle. Il avait seulement des sueurs froides à la pensée de battre en retraite une fois de plus…

— Je veux que cette soirée soit inoubliable, lui souffla-t-elle.

Elle se dévêtit sous ses yeux, se dépouillant de sa robe tandis qu'il guettait vainement en lui quelque manifestation d'excitation. Mais il ne sentit rien, même lorsqu'elle lui ôta sa chemise et son veston avec une lenteur qui se voulait ensorcelante.

Guidé par elle, il dégrafa machinalement son soutien-gorge et sentit entre ses doigts les seins ronds d'Olympia.

S'il continuait dans cette voie, il n'y aurait pas de retour possible vers Kelly… Pas de retour…

Soudain, il se sentit vaciller, et se raccrocha au mur comme il put, en se demandant où il était et ce qu'il faisait là, avec cette femme…

— Jake ? Est-ce que ça va ? lui demandait Olympia.

Mais non, rien n'allait. Le monde tournoyait devant lui, le happant dans un univers de ténèbres. Tout ce qui l'entourait, cette femme, ce qu'il avait failli faire... Cela lui semblait à la fois horrible et futile.

Olympia l'avait saisi par les épaules et le secouait pour le ramener à lui, mais il tremblait violemment, et sentait à présent que si son cœur battait si fort, c'était de peur, de rejet, de désespoir.

Il s'était mis à respirer de façon saccadée, oppressante, sans pouvoir reprendre son souffle. Il étouffait. Une force aveugle semblait l'aspirer, le happer dans la folie. Et il n'avait plus la force de lutter contre elle. A quoi bon, puisque l'univers n'était que peur et malheur ?

— Jake ! Que t'arrive-t-il ?

Elle le secouait de plus en plus fort, cherchant à le ramener au réel.

— Tu veux que j'appelle un médecin ?

— Non, parvint-il à dire. Pas de médecin.

Il savait qui il voulait près de lui, qui il lui fallait, mais il lui fallut accomplir un effort surhumain pour décrocher le téléphone et appeler à lui le seul être humain qui pût l'aider.

« Oh, mon Dieu, pensa-t-il, faites qu'elle soit là ! J'ai besoin d'elle... Je vous en prie... »

Et il éprouva un soulagement si intense en entendant la voix de Kelly qu'il crut s'évanouir.

— Kelly ? dit-il dans un coassement rauque qui rendait sa voix méconnaissable.

— Qui est-ce ?

— Moi... Jake...

— Qu'est-ce qu'il y a ? Tu es malade ?

— Je ne sais pas, hoqueta-t-il. Je suis chez Olympia... S'il te plaît, viens... Je t'en prie, je veux rentrer à la maison et je ne peux pas...

De nouveau, il hoquetait.

— J'arrive, dit-elle aussitôt. Explique-moi au moins ce qui se passe, Jake.

— Je ne sais pas, lâcha-t-il dans un souffle. Viens, viens vite.

Il laissa tomber le récepteur et s'adossa au mur, tremblant de tous ses membres.

Olympia, qui avait suivi la conversation d'un air scandalisé, s'approcha de lui, sourcils froncés.

— Mais qu'est-ce qui t'a pris ?

— Désolé, il faut que je rentre, je ne vais pas bien…

— Je te comprends, dit-elle avec inquiétude. Tu as fait un effort prématuré… Il faut que tu retournes à l'hôpital, ajouta-t-elle avec fermeté.

— Non… pas l'hôpital… Kelly…

Elle l'aida à s'asseoir sur le canapé, où il s'effondra presque, et le délaissa un instant, ramassant ses vêtements et se retirant dans sa chambre, d'où elle passa un coup de téléphone.

Jake considéra un objet sur le sol, sans comprendre. Puis il s'aperçut que c'était sa chemise et, se demandant ce qu'elle faisait là, il parvint à l'enfiler sans trop savoir comment. Epuisé par cet effort, il fixa le mur, comptant les sujets du motif pour éviter de penser au monstre effrayant qui semblait tapi dans son esprit, comme prêt à bondir hors de sa cage.

Un, deux, trois… Allait-elle arriver ? Quatre, cinq… Oh, mon Dieu, pourvu qu'elle soit là très vite ! Huit, neuf, douze… Il avait perdu le compte…

Il ferma les yeux, cherchant à fuir le regard scrutateur et curieux d'Olympia, revenue dans le salon. Une seule personne était autorisée à lire dans son cœur et dans son âme, mais elle n'était pas là. Elle avait promis de venir, alors, où était-elle ? Le monstre grandissait en lui, et avec lui sa peur. Si elle ne venait pas…

La sonnerie de l'entrée l'arracha à son angoisse. Kelly, enfin ! Il allait s'en sortir.

Mais ce n'était pas Kelly. C'étaient deux hommes en gris.

— Qu'as-tu fait ? Où est Kelly ?

— Chéri, tu as besoin d'aide. D'une aide professionnelle.

126

— Qui êtes-vous ? demanda-t-il, paniqué, aux deux hommes qui se trouvaient devant lui. D'où venez-vous ?

— De Forest Glades. Une maison de repos top niveau. Allons, suivez-nous gentiment, tout va bien se passer.

— Allez au diable ! Maison de repos… je sais ce que ça veut dire.

Il se leva au prix d'un effort inouï et énonça des mots qui le frappèrent par leur étrangeté, leur timbre désincarné. Mais ils avaient tout de même quelque sens.

— Je rentre chez moi avec ma femme. Elle sera là dans un instant.

Les deux hommes dévisagèrent Olympia, qui émit un rire gêné.

— Chéri, tu n'as pas de femme. Tu es divorcé.

Elle ajouta d'un ton lourd d'inquiétude :

— Tu t'en souviens, tout de même ?

— Je n'ai rien oublié. Divorce ou pas, Kelly est ma femme, et le restera toujours.

Les hommes le dévisagèrent, puis adressèrent un regard à Olympia. Jake surprit leur manège, mais cela lui était égal. Il s'efforçait seulement de paraître normal jusqu'à l'arrivée de Kelly. Il se sentait dériver, mais si elle arrivait bientôt… elle saurait quoi faire… elle était forte…

— Excusez-moi, énonça une voix sur le seuil.

Dans l'embrasure de la porte que les hommes avaient laissée ouverte, Kelly était là, souriante, apparemment à l'aise.

— Jake chéri, dit-elle en venant vers lui, je suis venue aussi vite que j'ai pu. Tu es prêt ?

— Oui, dit-il d'une voix rauque.

— Excusez-moi, mademoi… madame, dit l'un des infirmiers. Vous êtes bien la femme de ce monsieur ?

— Oui, il vous l'a dit, non ? répliqua Kelly d'un air naïf.

127

Ainsi, elle avait entendu, pensa Jake. Il avait l'impression d'assister à tout cela de très loin, mais il voyait que Kelly contrôlait la situation.

Le second infirmier, un jeune homme de toute évidence très puritain, parut scandalisé en voyant que Kelly était enceinte.

— Navré de vous le dire, m'dame, mais nous avons trouvé votre mari avec cette... dame.

De façon déconcertante, Kelly réagit par un éclat de rire.

— Décidément, vous n'avez pas encore renoncé, Olympia ? Vous avez cru bon de tenter votre chance de nouveau en profitant de mon état. Mais j'ai l'impression que ça n'a pas marché, n'est-ce pas ? Eh bien, bonne chance pour la prochaine fois !

— Ça... ça vous est égal ? balbutia l'infirmier.

— Pourquoi me soucierais-je d'elle ? Elle ne menace en rien mon mariage. Désolée, Olympia, mais la vérité est la vérité, si douloureuse soit-elle.

— Je vous conseille de partir, grommela Olympia, mâchoires serrées.

— Avec le plus grand plaisir ! répliqua Kelly, passant son bras sous celui de Jake. Navrée qu'on vous ait dérangés pour rien, messieurs. Tu viens, chéri ?

— Une minute, coupa aigrement Olympia.

Elle s'éclipsa dans sa chambre, et en revint avec les boutons de manchettes de Jake.

— N'oubliez pas ceci.

— Merci, dit Kelly en les fourrant dans sa poche.

Puis, la regardant en face, elle murmura doucement :

— Pauvre Olympia.

Le regard meurtrier que cette dernière lui lança devait rester gravé à jamais dans son esprit comme l'un des instants les plus jubilatoires de son existence.

11.

Jake ne sut trop comment il se retrouva sur la banquette arrière d'un taxi, dans les bras de Kelly. Elle le tenait serré contre elle, le berçant de mots réconfortants, cherchant à apaiser une souffrance qu'elle ne comprenait pas.

Lorsqu'ils furent enfin à la maison, là aussi, elle s'efforça de l'envelopper dans un cocon protecteur.

— Tu trembles, dit-elle.

— Je n'arrive pas à m'en empêcher, répondit-il en claquant des dents.

— Je vais mettre le chauffage.

— Ça n'a rien à voir avec la température.

— Jake, peux-tu me dire ce qui s'est passé ?

— Je ne sais pas, murmura-t-il d'une voix rauque. Soudain, tout m'a paru très noir et très sombre, le monde était un océan de peur et de désespoir. Et puis j'ai pensé à toi, et j'ai su que si tu arrivais jusqu'à moi je serais à l'abri. Serre-moi fort ! Serre-moi fort, je t'en prie.

— Oui, chéri, oui..., dit-elle sans réfléchir. Je suis là...

Elle était passablement choquée, elle aussi. Les événements avaient pris un tour qui la laissait perplexe. Elle avait envoyé Jake vers Olympia en se persuadant que c'était pour le mieux, et avait vu se dérouler dans son esprit, avec une précision lancinante, toutes les étapes de cette soirée romantique... Et soudain, alors que son tourment était à son comble, Jake lui avait téléphoné pour lui demander de venir le chercher, implorant son aide.

A présent, face à la souffrance qui l'agitait, elle se demandait quelles terreurs inconnues avaient bien pu l'envahir, précisément à cette occasion… Elle ne cherchait pas à le faire parler, elle sentait qu'il n'y était pas prêt. Il lui suffisait de le savoir dans ses bras, de savoir qu'il avait besoin d'elle, comme jamais auparavant…

Il l'avait appelée sa femme, comme si leur mariage n'avait jamais été rompu. Et il avait proclamé que le bébé était le sien comme s'il avait toujours su, au fond de son cœur, la vérité. Mais il n'avait prononcé ces mots que devant des tiers, et peut-être s'agissait-il des propos désespérés d'un homme désespéré. Tant qu'il ne lui aurait pas répété ces paroles en tête à tête, elle ne serait sûre de rien.

De son côté, elle l'avait appelé « chéri », et elle admettait que c'était le reflet de ce qu'elle ressentait. Jamais elle n'avait cessé d'aimer Jake, et, bien qu'elle l'eût nié, elle avait souhaité, presque à son insu, retrouver en elle cet amour intact. La vulnérabilité de Jake lui brisait le cœur ; tant qu'il aurait besoin d'elle, quoi qu'il advînt, elle serait là.

— Tu es glacé, dit-elle enfin, tu devrais être au lit.

Il parut incapable d'accomplir le moindre effort, mais se laissa mener dans la chambre. Elle fut saisie de le voir si pâle.

— Reste avec moi, murmura-t-il. Je ne veux pas être seul. Kelly, je t'en prie…

— Bien sûr. Laisse-moi juste le temps de me préparer, je reviens tout de suite.

Quand elle le rejoignit, en tenue de nuit, il la guettait sur le seuil, avec une expression qui l'émut jusqu'au plus profond d'elle-même. Et lorsqu'ils furent côte à côte sous les draps, il lui raconta sa soirée, sans rien dissimuler.

— Je voulais coucher avec elle, mais je n'ai pas pu. Je n'ai pas pu. Je ne ressentais rien. Rien. Comme la dernière fois.

— La dernière fois ?

— A Paris. Je ne t'ai jamais menti à ce sujet, Kelly. J'ai battu en retraite à la dernière minute. On aurait dit que tu étais là, avec moi, et que tu m'interdisais de détruire notre amour. Mais tu n'as pas voulu me croire, après.

— J'aurais dû. Je te crois maintenant, murmura-t-elle. Mais en ce temps-là, je ne te connaissais pas aussi bien qu'aujourd'hui.

Là-dessus, il demeura silencieux, et elle respecta son silence. Enfin, il reprit :

— J'ai eu l'impression de tomber dans l'abîme de l'enfer, comme si tous mes démons étaient lâchés. Je ne sais pas quoi faire. Mais ça va aller, je pense.

Il avait dit cela en tremblant, et elle décida fermement :

— Tu as besoin d'un médecin. Ne discute pas. C'est un ordre.

Il parvint à émettre un faible rire.

— Oui, chérie.

Elle sourit dans le noir, mais elle avait le cœur serré, car elle savait qu'il venait d'entrer dans la période sombre dont le Dr Ainsley lui avait parlé.

Le généraliste qu'elle appela, le lendemain, se montra pragmatique. Il donna à Jake des antidépresseurs connus pour leur efficacité. Ce que confirma d'ailleurs à Kelly l'un de ses camarades étudiants, qui faisait médecine. Mais elle sentait que Jake avait besoin d'autre chose, en plus du traitement. Elle avait l'impression confuse que ce quelque chose ne pouvait venir que d'elle. Pour l'instant, elle ne pouvait qu'attendre et espérer que, le moment venu, elle saurait lui apporter ce dont il avait besoin.

Jake n'avait jamais connu de dépression. Il en découvrait maintenant les ravages. Les médicaments n'oblitéraient que partiellement ses angoisses, le plongeant dans une souffrance diffuse. Le jour, il dormait la plupart du temps ; et la nuit, il était hanté de cauchemars. Sa vie passée lui semblait vide, son avenir plus vide encore.

Le moindre effort physique l'épuisait, il ne comprenait rien à ce qui lui arrivait. Des voix résonnaient parfois dans sa tête. Kelly lui disait qu'il se remettrait bien vite, qu'il était fort, que le Dr Ainsley avait prédit cette situation… Mais rien n'y faisait.

Fort ? Il se demandait s'il l'avait réellement été un jour, ou si cela n'avait pas été une illusion. En réalité, il avait le sentiment que sa force d'autrefois lui venait de l'amour de Kelly. Avec elle, il pouvait conquérir le monde. Sans elle, il n'était rien.

Dans sa traversée du trou noir, elle était la seule présence dont il eût conscience. Elle s'était réinstallée avec lui dans la chambre, partageant ses nuits. Quand il s'éveillait d'un rêve tourmenté, elle était toujours là, veillant sur lui avec un regard anxieux. Elle prit plusieurs jours d'arrêt, sous des prétextes fallacieux, et il comprit qu'elle avait peur de le laisser seul.

Cette constatation le fit sombrer plus avant dans les ténèbres. Car il voyait se rééditer leur passé : de nouveau, elle se sacrifiait, et il ne voulait pas de cela.

Il s'évertua à lui mentir, à lui jouer la comédie, à prétendre qu'il allait mieux. Et il parvint, au prix de peines infinies, à la renvoyer à ses études. Mais dès qu'elle eut le dos tourné, il eut un malaise, et les démons se déchaînèrent de nouveau.

Avec le temps, cependant, il eut l'impression que le brouillard qui l'avait happé se levait un peu, même si le monde lui semblait toujours lointain, très lointain. Il réalisait confusément qu'il devait agir, s'occuper de certaines choses… Mais c'était vague — et qu'aurait-il pu faire, de toute façon ?

Une nuit, il s'éveilla en sursaut. Voyant filtrer un rai de lumière sous la porte, il se contraignit à se lever et trouva Kelly sur le canapé, front plissé, en train de lire un livre. Quelque chose, dans sa silhouette, le frappa.

— Tu vas avoir un bébé, souffla-t-il.

Elle sursauta, alarmée.

— Ne t'inquiète pas, je ne suis pas fou, lui dit-il en se laissant attirer auprès d'elle. Je savais que tu étais enceinte, n'est-ce pas ?

— Oui, dit-elle avec douceur.

— Je m'en souviens bien, maintenant... Mais... pourquoi es-tu assise ici toute seule ? Pourquoi ? demanda-t-il avec une sorte de véhémence. Pourquoi est-ce toujours toi qui veilles sur les autres ? Ton mari aurait dû te protéger, mais nous savons ce qu'il vaut, n'est-ce pas ?

— Ne dis pas cela. Je crois que personne ne le connaît vraiment, murmura-t-elle gentiment.

— C'est un nul. Il t'a toujours fait défaut. Et il te laisse tomber une fois de plus.

— Que veux-tu dire ?

— Je vais te montrer.

Il se traîna dans la chambre et en revint, rapportant un papier qu'il lui logea dans la main. C'était un relevé bancaire, indiquant que ses moyens financiers se réduisaient comme une peau de chagrin.

— Un nul et un imbécile, dit Jake, l'air sombre. Il n'a jamais fait d'économies quand tout allait bien. Il a dépensé tout son argent, pour profiter de la vie.

— Sa femme aussi en a profité, lui rappela Kelly. Elle a eu des tas de cadeaux...

— Qu'elle ne désirait pas vraiment. Après ma blessure, l'assurance m'a versé une indemnité et c'est grâce à ça que nous avons vécu jusqu'ici. Je pensais reprendre le travail rapidement parce que j'étais « Jake Lindley », celui qui surmonte tout. Mais regarde-moi. Je suis pitoyable.

Kelly regarda le relevé bancaire et une résolution se forma dans son esprit. Soudain, elle mit les mains sur les épaules de Jake et plongea ses yeux dans les siens. Elle s'apprêtait à prendre un grand risque, et elle avait peur.

Elle s'était trompée une fois, lourdement, en envoyant Jake vers Olympia. Si elle se trompait encore, elle le mènerait sans doute au désastre. Mais si elle manquait du courage nécessaire pour oser s'exprimer, Jake resterait peut-être à jamais enlisé dans son désarroi et son angoisse.

— Tu veux que je te dise ? fit-elle. Il est temps que tu te remettes au boulot.

Il la dévisagea.

— Et tu crois qu'on va m'en donner, dans l'état où je suis ?

— Tu ne vas mendier de travail auprès de personne. Tu vas le créer toi-même. Tu le peux. Ce livre dont tu m'as parlé cent fois, c'est le moment de t'y mettre. Dieu sait que le matériau ne te manque pas ! Tous ces endroits où tu es allé, ces reportages que tu as faits, ce que tu as vécu… Et ces coups de feu reçus… Si tu le rédiges rapidement, tant que c'est encore d'actualité, ce livre se vendra, et bien. Tu as des loisirs, utilise-les à écrire.

Dans le silence qui suivit, elle vit poindre enfin quelque intérêt dans le regard de Jake.

— Tu… tu crois vraiment que j'en suis capable ?

— Jake Lindley peut tout.

— Non…, non, fit-il, secouant la tête d'un air agité. « Jake Lindley » n'a rien à voir dans tout ça, je ne suis même pas sûr qu'il refasse surface. C'est « Jake », tout simplement.

— Pour moi, dit-elle, comprenant aussitôt, tu as toujours été Jake. Je n'attachais pas tellement d'importance à « Jake Lindley ».

— Un livre… c'est un travail de longue haleine… et maintenant, je ne suis actif que par à-coups…

— Eh bien, remets-toi à ton ancien rythme, retrouve tes idées bien arrêtées, ta vision aiguë des choses. C'est toujours en toi, Jake, ça ne t'a jamais quitté.

Elle l'avait saisi par les mains, le regardant avec élan et elle lui rappela, de façon poignante, la jeune fille de dix-sept ans qui avait eu tellement foi en lui. Ce fut la force de ce souvenir qui le poussa à dire :

— Je le ferai, si tu m'en crois capable… même si j'ai l'impression d'avoir du coton dans la cervelle.

— Tu n'es pas obligé de rédiger tout de suite. Tu peux commencer par faire quelques recherches, et écrire une présentation. Et puis tu vendras ton projet à un éditeur.

— Tu as déjà tout combiné, hein ? fit-il avec admiration. Dans un moment, tu vas me demander une commission en tant qu'agent !

— Et comment !

Il faillit se mettre à rire, et elle crut qu'elle avait ranimé l'ancien Jake. Mais il changea de tête, de nouveau abattu.

— Kelly, c'est insensé. Je ne peux pas me lancer dans une telle entreprise dans l'état où je suis.

— Tu prends les choses par le mauvais bout, soutint-elle fermement tandis qu'il la regardait d'un air d'attente. Il ne faut pas envisager ça comme un marathon. Demande-toi seulement par quoi commencer. Ensuite, tu auras le temps de songer à la seconde étape.

Elle l'observait, guettant sa décision, et il lutta pour s'éclaircir les idées, pour entrevoir une première piste à saisir…

— Mes notes, dit-il enfin. Il faut que je les relise. Et puis il y a mes enregistrements… tout ce qui concerne ces dernières années… J'ai besoin de me rafraîchir la mémoire…

— Bien. Où as-tu laissé tout ça ?

— Chez moi. Il faut que j'y aille…

— Nous irons ensemble.

135

*
* *

Il était tôt, le lendemain, lorsqu'ils se rendirent à l'appartement de Jake en taxi. Mais, au moment d'entrer, Kelly eut un scrupule, une hésitation. Elle n'avait pas oublié qu'il avait refusé une fois de la laisser venir prendre ses affaires. Cependant, Jake la rassura : Olympia n'avait jamais mis les pieds dans les lieux. C'était une aide-soignante qui s'était chargée de lui apporter ses affaires à l'hôpital.

Sur place, Kelly comprit pourquoi. Cet endroit n'était pas un foyer, un chez-soi, mais une boîte sans âme. Rien, ici, n'exprimait la personnalité de l'homme qui y vivait, et si Jake l'avait tenue à l'écart de son appartement, c'est parce qu'il révélait trop bien ce qu'il était devenu lorsqu'elle était sortie de sa vie. Elle vit qu'il guettait sa réaction, comme s'il se demandait si elle allait capter cela, et elle lui serra la main d'un air compréhensif, en souriant.

Pendant qu'il rassemblait ses notes, elle considéra ce qui l'environnait. Tout était nu, sans ornement. Soudain, cela lui fut intolérable, et elle se mit à fouiller fébrilement dans les meubles, quêtant quelque trace, quelque objet susceptible de lui révéler enfin quelque chose de la vie intérieure de Jake.

Et elle le découvrit, au fond d'un tiroir de sa chambre. S'y trouvaient réunies leurs photos de mariage, et d'autres… Qu'était devenu le jeune dieu qu'elle voyait là ? Et comment n'avait-elle pas remarqué, alors, l'expression avec laquelle il la considérait sur les photographies… cet air d'adoration passionnée ? Sans doute parce qu'elle n'avait pas eu, de son côté, d'autre horizon que l'intensité de son propre amour pour lui…

Elle continua à passer en revue ces clichés inconnus d'elle, pris à son insu au fil des ans — des clichés réussis, expressifs, et dont elle était le centre. Une photographie, plus vibrante encore que les autres, était sertie dans un cadre. Kelly renversait la tête devant l'objectif, rieuse, l'image même du bonheur.

136

Elle eut l'impression de tout connaître de lui, après cette découverte. Mais elle se trompait. Car elle dénicha encore, au fond du tiroir, une paire de petits chaussons d'enfant dont l'un était plus grand que l'autre. Elle les considéra longtemps, songeant à celui qui les avait conservés, et dont les sentiments étaient bien plus profonds qu'elle ne l'avait cru. Lorsqu'elle dénicha aussi, tout au fond, un éléphant en peluche à la trompe tordue, elle se rappela les propos qu'il lui avait tenus dans le parc, et sut pourquoi il avait eu des souvenirs si précis.

Il avait gardé ces objets pendant des années, en mémoire de l'enfant qu'ils avaient perdu et du deuil qu'il ressentait, sans parvenir à s'en ouvrir à quiconque. Alors, Kelly pencha la tête et se mit à pleurer.

Elle sentit derrière elle la présence de Jake, qui venait de s'asseoir sur le lit. Il l'entoura de ses bras.

— Ne pleure pas, lui dit-il. Tu pourras quand même le donner à ton bébé. Ça lui sera égal qu'il ait la trompe tordue.

— Ce n'est pas pour ça que je pleure… Nous avions quelque chose de si fort… et nous l'avons perdu…

Il l'attira contre elle et elle se laissa aller à sangloter, et ce fut lui, cette fois, qui la consola.

— Je ne sais pas ce que tu aimerais que je dise, murmura-t-il. Je ne l'ai jamais su. Peut-être étions-nous destinés à perdre ce que nous avions. Nous étions si jeunes, et j'étais un maladroit… Je crânais beaucoup, alors. Quand tu es tombée enceinte, j'étais si content, si soulagé. Ça me donnait l'occasion de te lier à moi. Ce n'était pas très joli de ma part, comme attitude, mais je n'ai jamais brillé par mon élégance sentimentale… Tu étais ce qui m'était arrivé de mieux en ce monde, je m'y suis cramponné.

— Je… Tu m'aimais, alors ?

— Je n'ai jamais aimé que toi. Je n'aimerai jamais que toi. Tout ce que je désirais, c'était que tu m'aimes aussi, et je n'ai jamais réussi à croire tout à fait que tu me rendais mon amour.

— Mais, Jake, s'écria-t-elle avec étonnement, je t'adorais ! Tu as bien dû t'en rendre compte. Tu étais mon héros.

— Ça, je le sais, dit-il à voix basse. Mais c'est différent… C'était effrayant. J'attendais avec anxiété le moment où tu t'apercevrais que le colosse avait des pieds d'argile, et où tu me laisserais tomber. Cela a fini par arriver, mais je ne peux pas t'en vouloir. Nous avons passé huit ans ensemble, c'est plus que je n'en avais espéré.

D'abord, elle fut trop secouée pour parler.

— Ce n'était pas du tout comme ça…, murmura-t-elle enfin. C'est moi qui n'existais que dans ton ombre. J'avais toujours peur de t'ennuyer mortellement… Tu as accompli tant de choses.

— Parce que tu croyais en moi, c'est tout. Avant que je te connaisse, personne n'avait jamais eu d'admiration pour moi. Quand on parlait de moi, les gens lâchaient : « Oh, lui ! »

— Mais c'est faux…

— C'est la vérité, simplement tu ne t'en es jamais rendu compte. Tu m'as amené à te voir à travers tes yeux, comme si j'avais vraiment les qualités que tu me prêtais. Et quand… quand nous avons rompu, tu m'as de nouveau contraint à réaliser comment tu me voyais : j'étais celui qui avait tout pris, sans rien rendre, jamais. C'est pour ça que j'ai accepté le divorce. Pour te débarrasser de moi.

Il eut un étrange petit rire, et ajouta :

— Mais malgré tout, j'étais persuadé de pouvoir te récupérer. Je n'aurais jamais cru que tu te jetterais aussitôt dans les bras d'un autre.

— Je ne l'ai pas fait, Jake, il faut me croire.

— Et Carl ?

— Que vient-il faire ici ? Jake, ce n'est pas le père de mon enfant.

Jake se figea, scrutant son visage.

— C'est vrai ?

138

— On ne peut plus vrai. Jake, tu sais qui est le père du bébé. Tu l'as toujours su, en réalité.

Il secoua la tête, en homme perdu.

— Je ne sais plus rien du tout. C'est fini pour moi. Tout ce que j'avais, tout ce que j'étais… ça n'existe plus.

— C'est faux. Tu m'as, tu as notre enfant, et tu as toujours le même talent.

Il sursauta légèrement, posa la main sur son ventre, tout doucement, et chuchota :

— Notre enfant ? Le nôtre ?

— Le tien, souligna-t-elle avec douceur.

Elle aurait aimé voir son expression, mais il gardait la tête baissée. Peu à peu, il glissa à terre, le visage posé contre son ventre, et elle sentit, en posant ses mains sur ses épaules, qu'il tremblait. Elle garda le silence, parce que les mots, quels qu'ils fussent, auraient été malvenus. L'enlaçant de son mieux, elle le laissa pleurer.

Contre toute attente, son instinct lui soufflait qu'il pleurait de joie. Qu'il se raccrochait à tout ce qui pouvait le sauver de la perdition, et qu'elle lui avait donné une raison d'espérer.

— Redis-le-moi, dit-il enfin. Dis-moi que c'est mon enfant.

— Chéri, de qui veux-tu qu'il soit ? Bien sûr que c'est ton fils.

— Mais je croyais…

— Il n'y a jamais eu que toi. Si j'ai divorcé, c'est que je croyais t'avoir perdu. Quand je t'ai vu à la soirée, j'ai voulu t'éblouir, par fierté. Mais la vérité, c'est que je t'aimais et que je ne voulais pas le reconnaître. Alors, après, comment aurais-je pu te dire ce que cette nuit avait signifié pour moi ?

— Peux-tu me le dire maintenant ?

— Je t'aime, Jake. Je t'ai toujours aimé et je t'aimerai toujours. Cet enfant est le tien, et je veux que tu sois toujours là, toi, son père.

— Dans l'état où je suis, je ne suis pas une affaire.

— Arrête de parler de toi comme ça, déclara-t-elle farouchement. Tu m'appartiens, et je ne te lâcherai plus. Tu vas quitter cet appartement. Je te ramène à la maison.

Pour toute réponse, il l'enlaça et murmura :

— C'est dans tes bras que je suis chez moi.

12.

Pendant quelque temps, ils s'occupèrent de questions matérielles. Jake vendit son appartement sans difficulté, et décida de placer l'argent en vue d'acheter une maison convenable.

— Nous manquerons d'espace, ici, lorsque nous serons trois, dit-il.

Kelly acquiesça, lui laissant le soin de s'interroger sur leur avenir. Pour le moment, il lui suffisait qu'ils soient de nouveau réunis. Jake, lui, voyait s'ouvrir devant lui plusieurs chemins possibles, dont il ignorait où ils menaient. Mais cette incertitude ne le troublait pas, puisque Kelly était là et qu'il avait en elle une confiance absolue.

Un jour, elle lui dit :

— Tu vas mieux, n'est-ce pas ?

— Oui, à quoi le vois-tu ?

— Tu as cessé de parler mécaniquement, comme un robot. Les médicaments qu'on t'a donnés t'ont fait du bien.

— Ce ne sont pas les médicaments, c'est toi, assura-t-il.

Mais, en effet, il sortait du tunnel et parvenait à organiser son travail un peu mieux. Il finit par rédiger enfin un synopsis de son livre.

— Nous allons le confier à une agence littéraire, déclara Kelly. Carl a un très bon agent, paraît-il. A moins que tu ne...

— Par l'intermédiaire de Carl, c'est très bien, s'empressa d'acquiescer Jake. Je le trouve plutôt sympathique, au fond.

Il obtint une avance financière assez importante qui le rasséréna, et il put continuer à travailler avec l'esprit plus libre. Cependant, il savait que son avenir de journaliste risquait d'être compromis. C'était Olympia qui lui avait fourni la plupart de ses reportages, et cette source était sûrement tarie, désormais. Après ce qui s'était passé entre eux, elle avait sans doute plutôt envie de se venger !

Il l'avait rejetée et humiliée. Sous l'effet de la maladie, bien sûr. Cependant, Olympia n'était pas femme à le comprendre.

Quoi qu'il en fût, il ne s'en inquiétait guère. C'était sa vie avec Kelly, dans cet appartement, qui seule lui importait.

— Ton livre sera prêt dans les délais ? s'inquiéta-t-elle un jour.

— Je fais de mon mieux.

— Si tu as besoin d'aide pour le dactylographier, je...

— Non ! Occupe-toi de ton propre travail.

— Mais...

— J'ai dit non ! Ça ne va pas recommencer comme avant !

— C'est bon, c'est bon, céda-t-elle précipitamment. Ne prends donc pas les choses au tragique.

— J'essaie, affirma-t-il en lui pressant la main.

— Dépêche-toi de finir quand même, parce que Olympia va te solliciter.

— Sûrement pas ! Elle n'est pas du genre indulgent.

— Mais elle est ambitieuse. Son taux d'écoute chute, depuis que tu n'es plus là.

— Comment le sais-tu ? demanda-t-il d'un air interdit.

— Un des profs en communication de la fac est assez au fait de ce qui se passe, parce qu'il travaille pour sa boîte de production. Ils ont tenté de trouver quelqu'un d'aussi populaire que toi, sans succès. Les gens ne cessent de demander quand tu reviendras. Tu as tous les atouts dans ta manche.

Kelly avait déclaré cela sans s'émouvoir. Désormais, elle était paisible, heureuse d'être avec l'homme qu'elle aimait, de voir sa grossesse approcher sûrement de son terme. Le reste lui était égal.

Jake ne la crut qu'à demi, au sujet d'Olympia. Pourtant, celle-ci lui téléphona une semaine plus tard, aussi aimable que si rien ne s'était jamais passé entre eux.

— Tu es d'attaque pour reprendre le boulot ? s'enquit-elle.

— En pleine forme.

— J'ai un job qui pourrait t'intéresser.

C'était un reportage d'importance qui le remettrait en selle aussitôt. Kelly avait vu juste : il pouvait redevenir « Jake Lindley le pourfendeur des hypocrites, l'investigateur hors pair, le héros ».

— Intéressant, murmura-t-il d'une voix neutre qui aurait dû mettre la puce à l'oreille d'Olympia.

— Très bien. Il faut que tu partes la semaine pro…

— Minute, je n'ai pas encore dit oui. Nous avons des choses personnelles à éclaircir.

— Je suis surprise que tu veuilles en parler.

— Moi, en revanche, je ne suis pas surpris que tu veuilles l'éviter. Il me semble que tu as quelques explications à me fournir à propos de Forest Glades. Ça m'écœure que tu aies voulu m'enfermer dans un asile psychiatrique pour m'empêcher de rejoindre Kelly. Mais tu pensais peut-être agir pour mon bien…

— Mais tu étais en plein délire ! explosa-t-elle. Tu avais besoin d'aide et j'ai fait ce qu'il fallait.

— Eh bien, ce n'était pas le genre de secours dont j'avais besoin.

— Et moi, là-dedans, qu'est-ce que je deviens ? Tu m'as humiliée devant ces hommes.

— Ça ne se serait pas produit si tu ne les avais pas appelés, et par pur dépit, en plus.

— Ecoute, continua Olympia avec une certaine nervosité, car l'absence de Jake pesait lourdement sur le taux d'audience de sa chaîne, si j'ai commis une erreur ce soir-là, je le regrette.

— Trop tard. De toute façon, il est hors de question que je parte la semaine prochaine, ni celle d'après. Le bébé va bientôt naître et je veux être auprès de Kelly.

Submergée par la colère, Olympia perdit toute mesure :

— Et les gens sont censés attendre indéfiniment que tu aies retrouvé assez de punch viril pour travailler ?

— Du *punch viril* ? répéta-t-il allongeant les mots à dessein.

Elle battit aussitôt en retraite, la voix piteuse.

— Je ne voulais pas dire ça…

— Peu importe, lui répliqua-t-il. Ma conception de la virilité a changé, et j'en ai pris conscience grâce à toi. Je ne veux pas de ce travail, Olympia. Ni maintenant ni jamais. Je veux être là pour Kelly et pour mon fils. Les tours du monde, c'est terminé. Pendant des années, je n'ai pensé qu'à ma carrière, aux dépens de ma femme. Je ne veux plus de cette vie-là.

— Tu sais ce qu'on va dire ? demanda méchamment Olympia. Que tu te dégonfles.

— Je m'en moque.

— Ta carrière sera fichue.

— J'en commencerai une autre. On s'intéresse toujours à moi, et de toute façon, le jeu en vaut la chandelle.

— Es-tu fou ? Tu finiras comme chroniqueur jardinier.

— J'adore le jardinage, répliqua Jake, qui n'avait jamais semé une graine de sa vie. Adieu, Olympia.

Il raccrocha, et médita un moment en silence. Quand il releva les yeux, il vit Kelly sur le seuil, souriante.

— Tu as entendu ?

— Oui. Tu as refusé un reportage pour assister à la naissance du bébé.

— Pour être avec toi quand il naîtra et après, rectifia-t-il en l'aidant à s'installer sur le canapé. Pour moi, c'est ce qu'il y a de plus important au monde. Que nous soyons ensemble tous les trois. Epouse-moi, Kelly.

— Pardon ?

Jake se laissa tomber à genoux devant elle.

— Je veux t'épouser, dit-il avec ferveur. Je l'ai toujours voulu. Tu es mon amour, ma beauté… et aussi…

— Oui ? murmura Kelly, n'osant en croire ses oreilles.

— Le point d'ancrage de mon existence. J'ai mis du temps à m'en apercevoir, mais tu es mon roc, mon élément protecteur. Tu l'as toujours été. Quand tu as voulu divorcer, j'ai cru, dans mon arrogance, que tu n'irais jamais jusqu'au bout. Je pensais que tu finirais par admettre que tu ne pouvais pas te passer de moi. Je n'ai pas voulu m'avouer la vérité : c'est moi qui avais besoin de toi.

Il poursuivit :

— Quand je suis arrivé à la soirée, j'avais l'intention d'arrêter la procédure. Je voulais te dire : « C'est bon, décide ce que tu voudras, j'obéirai pourvu qu'on reste mariés. » Mais je me suis trompé dans les dates, et j'ai découvert que le divorce était déjà prononcé. J'étais en état de choc. Et puis tu avais changé, je ne te reconnaissais pas. Je commençais à saisir que je n'avais rien compris. J'étais comme un marin perdu en mer, sans boussole… Ce n'était pas seulement mon amour que j'avais perdu, c'était aussi ma meilleure amie. J'étais face au plus grand désastre de mon existence et, au lieu de me soutenir, elle se tenait au loin, sur l'autre rive.

— Je regrette que tu ne me l'aies pas dit alors, murmura-t-elle.

— Je l'aurais peut-être fait, si j'avais eu affaire à Kelly. Mais elle avait envoyé une certaine Carlotta à sa place. Et cette Carlotta… Seigneur !

— Elle n'avait pas l'air de te déplaire, pourtant, observa tendrement Kelly.

— Elle m'a offert la nuit la plus explosive de mon existence. Je… j'espère… que nous nous rencontrerons de nouveau, avoua Jake après une hésitation. Que nous ferons plus ample connaissance. Mais elle m'a fait une peur bleue, cette nuit-là. J'ai mesuré tout ce qui avait pu te manquer, tout ce qui ne pouvait que t'éloigner de ton ancienne vie. J'ai vu tous ces hommes qui te désiraient, et qui auraient sans doute su t'apprécier mieux que je ne l'avais fait. Le lendemain de cette soirée incroyable, j'espérais que tu allais me dire que tout était bien entre nous, que tout était restauré. Mais tout ce que tu m'as sorti, c'est que c'était une bonne façon de conclure notre divorce. Et moi qui avais failli te supplier de me reprendre !

— Si seulement j'avais su… ! Et pourtant…

— Et pourtant, enchaîna Jake, devinant aussitôt sa pensée, ce n'était pas le bon moment. Ni pour toi ni pour moi. Nous avions tout un chemin à parcourir, nous avions besoin de nous retrouver. Je t'aime. Je veux t'épouser, et pour la vie.

— Moi aussi, c'est ce que je veux, murmura Kelly, lui caressant le visage.

— Alors, faisons-le tout de suite.

— Chéri, on ne peut pas…

— Si, on peut obtenir une licence spéciale. Je… je veux t'épouser avant la naissance du petit. Ne me demande pas pourquoi, c'est irrationnel. Kelly, je t'en prie, épouse-moi. A l'église. Je me charge de tout.

— Très bien, dit-elle, séduite et bouleversée par son emportement.

Et elle le laissa faire jouer ses anciens contacts.

Le révérend Francis Dayton, vieux pasteur depuis longtemps à la retraite, accepta de les marier dès qu'ils auraient la licence, et leur assura d'un air bienveillant qu'il n'aurait aucune difficulté à « emprunter » une église. Il plut tout de suite à Kelly. Il avait le regard brillant, en dépit de son grand âge, et semblait vivre la chose comme une aventure.

Ce fut Carl qui se vit confier le rôle de garçon d'honneur de la mariée. Marianne, sa première demoiselle d'honneur, se chargea de la faire belle. Elle réalisa une superbe cape de velours bleu qui, une fois boutonnée sur le devant de la robe, effaça avec une élégance inattendue les rondeurs de Kelly. Puis elle tressa des fleurs dans ses cheveux, qui avaient un peu repoussé, et la maquilla légèrement. Mais rien n'aurait pu donner plus d'éclat à Kelly que le rayonnement du bonheur.

Le mariage eut lieu dans une intimité agréable, dans une petite chapelle exquise. D'abord, Kelly se sentit un peu maladroite, gênée par sa taille épaissie. Mais elle vit le regard d'adoration que Jake levait sur elle, lorsqu'elle le rejoignit à l'autel, et elle sut que tout était bien.

Ce fut comme dans un rêve qu'elle l'entendit répondre, pâle mais déterminé, qu'il la prenait pour femme.

Cependant, lorsque le prêtre lui posa la question rituelle à elle, il y eut un silence. Ils se tournèrent tous vers elle, étonnés d'abord, puis inquiets de la voir se crisper de douleur.

— Navrée, murmura-t-elle avec peine. Je crois que… le moment… n'est pas très bien choisi… Les contractions…

Carl avait déjà compris.

— Ma voiture est dehors, dit-il. Ce sera plus rapide que d'appeler une ambulance.

— Notre mariage…, murmura Kelly, se cramponnant à Jake.

— Je m'en charge, dit le révérend. Quel hôpital ?

Stupéfaits, ils le lui dirent. Il décampa aussitôt, soulevant sa soutane et leur lançant :

— Je parie que j'y serai avant vous !

Un instant plus tard, ils étaient réunis dans la voiture de Carl. Jake, à l'arrière, entourait Kelly de son bras, en disant avec inquiétude :

— Je n'aurais pas dû t'imposer cette cérémonie. C'était trop pour toi.

— Non, c'était une idée adorable, soutint-elle. J'y tenais aussi.

Carl démarra, roulant le plus vite possible. Ils ne tardèrent pourtant pas à être dépassés par un motard, qui leur fit signe au passage.

— Qui était-ce ? s'enquit Marianne, sidérée.

— Le révérend, murmura Kelly, qui haletait. Oh, chéri, ajouta-t-elle en se cramponnant à Jake, nous avons toujours dit que nous étions fous, mais il faut croire que c'est contagieux.

— Kelly ! Ne me dis pas que tout ça t'amuse ! grommela Jake.

— Mais si. C'est drôle… c'est gai… c'est ce qu'il y a de plus merveilleux !

A l'hôpital, tout était déjà prêt pour les accueillir, le révérend Dayton ayant averti de leur arrivée. Et pendant que les infirmières apprêtaient tout dans la salle de travail, le vieux pasteur passa à l'action.

— Vite, hoqueta Kelly, qui tenait à parachever la cérémonie avant de mettre son enfant au monde.

Ce qui fut fait, comme dans un rêve.

A travers ses spasmes de douleur, Kelly sentait se répandre en elle une joie infinie. Elle remercia d'un signe l'homme d'église qui venait de les unir et qui, lui répondant d'un geste amical et gai, entraînait Carl et Marianne avec lui hors de la pièce.

Kelly serra la main de son mari. Ils étaient unis, à présent, jusqu'à ce que la mort les sépare. Mais elle avait le sentiment qu'ils étaient surtout rapprochés par la vie. Il y avait exactement neuf mois, jour pour jour, que leur divorce avait été prononcé. Et leur fils leur faisait savoir, de façon pressante, qu'il voulait faire son entrée dans le monde.

— Je suis si contente que nous nous soyons mariés d'abord. Après, ça n'aurait pas été tout à fait pareil, murmura-t-elle à Jake.

Il l'embrassa sur le front. Il était trop ému, trop bouleversé pour parler.

Ce fut la naissance à laquelle Kelly avait tant aspiré. Jake était auprès d'elle, partageant l'événement. Contrairement à la plupart des premiers-nés, leur fils ne fut pas long à venir au monde, et elle put très vite le tenir dans ses bras.

— Il est comme toi, expéditif, pressé d'arriver, dit-elle à Jake.

— Il va falloir que je lui apprenne à prendre son temps, sinon, il risque de manquer des choses, comme son père, commenta-t-il tendrement.

— Il ne t'écoutera pas, puisque c'est ton fils.

— Mon fils..., murmura Jake avec émerveillement. Est-ce vraiment possible ?

— Tout est possible, mon amour. Sinon, nous ne nous serions jamais retrouvés de nouveau.

Le lendemain, le révérend Francis Dayton vint en visite, pour faire signer à Kelly les derniers papiers, et l'amuser par son récit haut en couleur de son arrivée à moto, la veille, à l'hôpital — où il avait surpris tout son monde en hurlant :

— Où est la maternité ?

Il conclut, hilare :

— Ils m'ont pris pour un Hell's Angel. Je ne m'étais pas autant amusé depuis des années. C'est vrai que vous allez appeler ce petit bonhomme Francis ? Eh bien, eh bien ! C'est un beau cadeau que vous me faites. Bon, je vous laisse, à présent. Voici votre mari.

Jake réservait une surprise à Kelly. Il débarquait les mains pleines de livres.

— Tu dois finir de préparer tes examens, déclara-t-il.

— Maintenant ? Aurais-tu oublié ce qui a eu lieu hier ?

Il s'assit près d'elle, sur le lit.

— Je ne l'oublierai jamais, aussi longtemps que je vivrai. Mais, chérie, le bébé ne suffira pas à combler ton existence, j'en suis sûr. Tu désires achever tes études. Tu n'en as peut-être pas conscience en ce moment, parce que tu es heureuse d'être mère…

— Oh, oui ! Eperdument ! murmura-t-elle.

— Mais tu ne dois pas gâcher ce que tu as entrepris. Après, il serait trop tard. Si tu n'obtiens pas ce diplôme, tu le regretteras toute ta vie, crois-moi.

— Jake, c'est merveilleux que tu comprennes tout ça. Mais que veux-tu que je fasse d'autre ?

— Engager quelqu'un pour veiller sur Francis.

— Ça, jamais. Je ne veux pas confier notre enfant à un étranger. Et puis, nous n'en avons pas les moyens.

— La personne que j'ai en vue n'est pas inconnue. Elle n'est pas chère non plus. En fait, elle fera ça gratuitement.

Ils se dévisagèrent.

— Mais…, souffla enfin Kelly, est-ce que tu t'y connais en bébés ?

— Autant que toi, répliqua-t-il. Côté théorique, ça va. Mais sur le plan pratique… tout reste à faire.

— Et tu veux tout de même t'occuper du petit ?

— Evidemment. Jake Lindley triomphe de tout. Hier, il sauvait le monde. Aujourd'hui, il change des couches. Ça oui, c'est un défi !

— Tu vas changer des couches, toi ?

— Parfaitement. Ce sera dur, je sais, j'aurai sûrement des revers. Mais je vaincrai !

Kelly se mit à rire, attendrie.

— Oh, chéri, il n'y a pas que le bébé.

— Je sais. Je veillerai sur Francis, et je m'occuperai aussi du ménage.

Elle le regarda avec étonnement. Il était sincère, il parlait sérieusement ! Elle commençait à comprendre enfin de quoi Jake était fait, de quelle pâte. Il sortait de l'épreuve plus fort et plus sage qu'avant. Et tout dévoué à elle ainsi qu'il l'avait toujours été — même si elle n'avait pas su le voir.

— C'est merveilleux, assura-t-elle. Tout de même… je n'arrive pas très bien à t'imaginer en homme au foyer.

— Moi non plus, admit-il avec un sourire. Mais ce n'est que provisoire. Nous trouverons une maison, et nous engagerons une aide, ensuite, pour que tu puisses continuer à suivre les cours. Cela dit, je ferai ma part, quoi qu'il arrive. C'est mon fils, et je tiens à ce que nous l'élevions ensemble. Quand nous aurons trouvé nos marques, je me mettrai à mon second livre.

— Mais ça risque de prendre une éternité. Il faut que tu trouves tout de suite une idée.

— C'est déjà fait ! répliqua-t-il. Je te livre le titre : *Jake Lindley, mari à la maison*. Tu veux que je te dise ? Ça sent déjà son best-seller.

Il se pencha vers le berceau et souleva son fils entre ses bras avec une aisance toute naturelle.

— N'est-ce pas, fiston ? Hein, on se comprend, tous les deux ?

— Mais, Jake…

— N'écoute pas ta mère, fiston. Elle n'y connaît rien. Nous allons écrire ce bouquin ensemble. Tu me fourniras la matière, je mettrai ça en mots. Quand je manquerai d'inspiration, tu n'auras qu'à me souffler. On fera une équipe formidable. Pour te remercier, je te donnerai Dolph ! Ce seront tes royalties.

— Escroc ! protesta en riant Kelly. C'est lui qui fera le boulot le plus dur !

Jake lui décocha un large sourire. C'était la première fois depuis des semaines et des semaines qu'elle lui voyait l'air véritablement amusé. Enfin, les mauvais jours s'éloignaient. Ils pouvaient envisager l'avenir avec confiance, maintenant. La route s'étirait devant eux, encore inexplorée, mais inondée de lumière.

Le nouveau visage
de la collection Or

◆

AMOURS D'AUJOURD'HUI

Afin de mieux exprimer sa modernité et de vous séduire encore davantage, votre collection Or a changé de couverture et de nom depuis le 1er mars 1995.

Rassurez-vous, les romans, eux, ne changent pas, et vous pourrez retrouver dans la collection **Amours d'Aujourd'hui** tous vos auteurs préférés.

Comme chaque mois, en effet, vous y attendent des héros d'aujourd'hui, aux prises avec des passions fortes et des situations difficiles...

**COLLECTION
AMOURS D'AUJOURD'HUI :**
Quand l'amour guérit des blessures de la vie...

Chère lectrice,

Vous nous êtes fidèle depuis longtemps?
Vous venez de faire notre connaissance?

C'est pour votre plaisir que nous avons
imaginé un rendez-vous chaque mois
avec vos auteurs préférés, vos
AUTEURS VEDETTE dans les
collections Azur et Horizon.

Les AUTEURS VEDETTE vous
donneront rendez-vous pour de
nouveaux livres vedette.

Pour les reconnaître, cherchez
l'étoile... Elle vous guidera!

Éditions Harlequin

HARLEQUIN

LE FORUM DES LECTEURS ET LECTRICES

CHERS(ES) LECTEURS ET LECTRICES,

VOUS NOUS ETES FIDÈLES DEPUIS LONGTEMPS?

VOUS VENEZ DE FAIRE NOTRE CONNAISSANCE?

SI VOUS AVEZ DES COMMENTAIRES, DES CRITIQUES À
FORMULER, DES SUGGESTIONS À OFFRIR, N'HÉSITEZ
PAS… ÉCRIVEZ-NOUS À:
      LES ENTERPRISES HARLEQUIN LTÉE.
      498 RUE ODILE
      FABREVILLE, LAVAL, QUÉBEC.
      H7R 5X1

C'EST AVEC VOS PRÉCIEUX COMMENTAIRES QUE NOUS
ALLONS POUVOIR MIEUX VOUS SERVIR.

DE PLUS, SI VOUS DÉSIREZ RECEVOIR UNE OU
PLUSIEURS DE VOS SÉRIES HARLEQUIN PRÉFÉRÉE(S)
À VOTRE DOMICILE, NE TARDEZ PAS À CONTACTER LE
SERVICE D'ABONNEMENT; EN APPELANT AU
(514) 875-4444 (RÉGION DE MONTRÉAL) OU 1-800-667-4444
(EXTÉRIEUR DE MONTRÉAL) OU TÉLÉCOPIEUR
(514) 523-4444 OU COURRIER ELECTRONIQUE:
AQCOURRIER@ABONNEMENT.QC.CA OU EN ÉCRIVANT À:
      ABONNEMENT QUÉBEC
      525 RUE LOUIS-PASTEUR
      BOUCHERVILLE, QUÉBEC
      J4B 8E7

MERCI, À L'AVANCE, DE VOTRE COOPÉRATION.

BONNE LECTURE.

HARLEQUIN.

VOTRE PASSEPORT POUR LE MONDE DE L'AMOUR.

COLLECTION HORIZON

Des histoires d'amour romantiques qui
vous mènent au bout du monde!

Découvrez la passion et les vives
émotions qu'apportent à la Collection
Horizon des auteurs de renommée
internationale!

Captivantes, voire irrésistibles, ces
histoires d'amour vous iront
assurément droit au coeur.

Surveillez nos quatre nouveaux titres
chaque mois!

Composé et édité
PAR LES ÉDITIONS HARLEQUIN
Achevé d'imprimer en août 2003

BUSSIÈRE
GROUPE CPI

à Saint-Amand-Montrond (Cher)
Dépôt légal : septembre 2003
N° d'imprimeur : 34184 — N° d'éditeur : 10072

Imprimé en France